KB168344

당신을 사랑할 수 있어 참 좋았다

곽 재 구 의

신 新 포 구 기 행

당신을 사랑할 수 있어 참 좋았다

해냄

작가의 말

와온에 왔습니다.

스무 해 전 처음 이 바다에 들렀지요. 해가 지고 있었고 노을이 사방의 하늘을 불태우고 있었습니다. 노을은 해가 지는 하늘만 물들이는 줄 알았지요. 반대편 하늘도 그 옆 하늘도 다 물들이더군요. 내가 사랑한 어떤 인식도 고정관념이 될 수 있다고 생각했을 때 또 다른 인식의 창 하나가 부서지는 소리가 들렸습니다. 축제는 하늘만 아니라 땅 위에서도 펼쳐졌지요. 갯물이 남은 웅덩이들과 물기가 남은 개펄들 위에 노을은 또 꽃밭을 만들었지요. 노을은 하늘만이 아닌 땅을 물들인다는 것을 처음 알았습니다. 하늘보다 개펄 위의 노을이 가슴을 더 설레게 했습니다. 별도 무지개도 신화도 하늘에 사는 것이지만 인간의 삶과 꿈은 비린내 나고 습한 이 땅 어딘가에 펼쳐져야 하기 때문이지요.

포구마을에 불빛이 하나 둘 켜지기 시작합니다.

저기는 화포, 저기는 창산, 저기는 여자도, 저기는 장도, 저기는 봉전. 불빛들을 하나씩 헤아리는 동안 내 마음 안에도 불빛들이 하나씩 켜지지요. 불빛들은 물 위에 길고 반짝이는 그림자를 남깁니다. 시를 쓰며 살아온 동안 갈등과 번민에 휩싸인 순간 많았지요. 시가 밥이 될 수 있는가. 혁명이 될 수 있는가. 노래와 춤과 사랑이 될 수 있는가. 이 모든 것에 대해 알 수 없었지요. 통장의 잔고를 털어 다른 나라를 떠돌기도 했지만 답이 없는 것은 마찬가지였습니다. 터벅터벅 걸어 어느 땅끝 마을에 이르러 작은 배들이 물살을 힘차게 가르며 포구를 떠나는 모습을 보았지요. 저녁이 되면 배들은 돌아왔고 선창에서 기다리던 식구들이 리어카에 그날 잡은 물고기를 싣고 집으로 돌아갔습니다. 마을은 작은 등불들을 켜고 이들을 안아주었지요.

포구마을의 불빛들이 생일초의 불빛 같습니다.

생의 어느 신 하나는 내게 이 포구마을의 불빛들을 느낄 수 있는 시간을 선물로 주었습니다. 이 시간들 속에서 나는 위로받고, 갈망뿐인 나의 시가 더 좋은 인간의 세상으로 나아가는 작은 물살 하나가 될 수 있다는 꿈을 꾸게 됩니다. 와온에 노을이 꽃핍니다. 하늘과 땅이 함께 아름다운 색 도화지가 됩니다. 다시 새로운 생의 그림을 그릴 수 있을 것 같습니다. 한없이 평범하고 누추하면서도 꿈이 있는 새로운 시를 쓸 수 있을 것 같습니다.

당신도 해 뜨고 지는 포구마을로 여행을 떠나세요.

이번 해는 남해안으로, 다음 해는 동해안으로, 또 그다음 해는 서해안으로 터벅터벅 걸으세요. 5년도 좋고 10년도 좋아요. 스스로 선택하고 싶은 인생의 순간을 스스로의 힘으로 만드는 거지요. 큰돈을 들여가며 먼 나라의 순례 길을 도보 여행하는 것은 그 뒤에 해도 좋지 않겠는지요. 연재하는 내내 배려 아끼지 않았던 《전원생활》 식구들에게 감사드립니다. 수연 씨의 따뜻한 사진들 고맙습니다.

2018년 7월 와온에서

곽재구

차례

1부 엄마 덕에 늘 사람이었다

2부 열렬히 사랑하다 버림받아도 좋았네

3부 당신을 사랑할 수 있어 참 좋았다

※일러두기

· 본문에서 인용한 시 중 원작자를 별도로 표기하지 않은 것은 저자의 작품입니다.
· 인용문은 원문 표기를 따르는 것을 원칙으로 하였으나, 한시 등 일부 작품은 저자의 의도에 맞춰 매끄럽게 다듬은 것임을 밝힙니다.

1부

엄마 덕에 늘 사람이었다

“엄마 덕에 나는 늘 사람이었다”

기벌포 가는 길

한 아이가 바닷가 마을에서 태어났다.

아이는 갈매기 울음소리와 파도소리를 자장가 삼아 조금씩 자랐다. 아이가 초등학생이 되었을 때 엄마와 함께 마을 앞 바닷가에서 조개를 캤다. 백합이라는 예쁜 이름을 지닌 조개였다. 물때에 맞춰 바다에 나갔다가 서너 시간 조개를 캐고 돌아올 때면 아이와 엄마가 들고 나간 양동이에 백합이 가득 찼다. 다음 날 아침 엄마는 아이와 함께 캔 백합을 시장에 가지고 나가 돈샀다. 백합을 판 돈이 아이의 공책이 되고 연필이 되고 크레파스가 되었다. 이 모든 일이 아이는 신기했다. 엄마와 함께 갈매기 소리를 들으며 조개를 캐면 다음 날 엄마는 아이가 소망하는 것들을 들고 환하게 웃으며 집으로 돌아왔다.

그 무렵 아이가 제일 좋아하는 일은 그림을 그리는 일이었다. 아이는 도화지에 조개를 캐는 그림을 그렸다. 갈매기도 그리고 꽃게도 그리고 엄마도 그렸다. 멀리 새로 솟은 불을 뿜는 높은 굴뚝도 그리곤 했는데 뒤에 그것이 화력발전소의 굴뚝이라는 것을 알았다. 그 굴뚝 덕에 마을에 전등이 들어왔고 아이는 밤에도 책을 읽고 그림을 그릴 수 있었다. 사춘기가 되어서도 아이는 엄마와 조개 캐러 가는 것을 좋아했다. 아이는 상업고등학교에 들어갔다. 3년을 열심히 공부한 탓에 졸업하자마자 은행원이 되었다.

은행에서 지내는 동안 아이는 엄마와 함께 조개 캐던 시절을 그리워했다. 파도소리와 갈매기 울음이 귓가를 떠나지 않았다. 아이는 3년 만에 은행을 나왔고 대학에 들어가 공부를 했다. 그때 처음으로 시를 쓰기 시작했다. 버스 안에서도 쓰고 술집에서도 쓰고 도서관에서도 썼다. 유명해지고 싶은 마음은 없었으나 좋은 시를 쓰고 싶었다. 시간강사도 하고 출판사 허드렛일을 하며 지내는 동안 자주달개비꽃 닮은 한 여자를 만나 결혼을 했다. 상도동 달동네 맨 꼭대기 방이 두 개 있는 집에 신혼살림을 차렸다. 하나의 방은 그가 책을 읽고 시를 쓰는 방이었다. 나이 서른을 넘길 무렵 나는 처음 아이를 만났다. 아이는 나를 상도동의 신혼집에 데려갔는데 책방 문턱에 서서 바라보는 서울의 야경이 꽃밭 같았다.

오 년 만의 연락에도
시 쓰는 동무들 모이지 않아
깊게 술 마신 밤
어기어차 노 저어 상도동 산 1번지
강형철네 포구로 간다
휘몰이 밤물길 젓고 또 저어
더 이상 거스를 수 없는 마지막 물굽이
자주달개비꽃 빼어 닮은 형철이 각시는
술상 보러 새로 두시 밤물길 눈 비비며 가는데
세노야

멸치잡이 그물 온밤내 던져봐도
멸치꼬랑지만한 금빛 시 한 줄 서울의
가을바다에 걸리지 않고
세노야
달은 떠서 산 넘어 가는데
우리 갈 길 아득하고.

—「서울 세노야」 전문

세월이 흘러 아이는 태어나고 자란 바닷가 마을로 돌아왔다. 전라북도 군산시 해망동. 치매 걸린 엄마와 마지막 3년을 함께 보내고 어찌어찌 혼자가 되었다. 오늘 나는 삼십 몇 년 만에 그의 바닷가 집을 찾았다. 나무 기둥에 황토를 채운 집이었다. 내비게이션에 주소를 입력하고 찾아갔는데 신기하게도 차는 그의 집 앞에 멈춰 섰다. 대문도 없고 쥐똥나무들이 어울려 자라는 마당은 풀로 가득했다.

어릴 적 바다가 훤히 보이던 집 앞엔 상가와 건물 들이 들어섰지만 아이는 이 집에서 편안해 보였다. 두 개의 방 중 하나는 책이 가득하다. 나이 든 아이가 저녁 밥상을 차려준다. 미더덕을 넣은 백합국이 시원하다. 아이는 술안주로 꽃게찜을 내온다. 며

칠 뒤면 꽃게 금어기라서 수산시장에 들렀네. 맥주 한 잔을 마시며 아이는 내게 "엄마 덕에 나는 늘 사람이었다"고 얘기했다.

아이가 엄마와 백합을 캐던 바닷가로 걸어갔다. 밤의 바닷가 운동장에서 사람들이 자전거를 타고 아이들이 농구를 했다. 바람이 좋았다. 별빛이 깜박거리는 동안 생각했다. 바닷가 마을에서 조개를 캐던 아이가 자라 시인이 되었다. 엄마와 함께 파도소리를 들으며 조개를 캤던 것이 이유가 되었을 것이다. 그 시절의 아이가 부러웠다. 아이와 같은 나이의 내게는 엄마가 없었다. 그림 그리는 것을 좋아했으나 도화지와 크레파스를 구할 방법이 없었다. 이리저리 떠돌며 지내다 시를 만나게 되었으니 시는 내게 아이의 백합조개였으며 파도소리였고 엄마였다.

평생 시를 써온 두 인간이 만나 밤바다를 걷는다.

아이는 엄마 이야기를 계속했고 나는 들었다. 어느 순간 아이의 이야기가 내 이야기처럼 들리기도 했다. 깜깜한 개펄 가운데서 인기척이 느껴졌다. 네 명의 사내가 손전등 불빛으로 작은 게를 잡고 있다. 어디서 왔는가? 베트남. 인근 공장지대에서 일하는 친구들이다. 게튀김을 만들어 소주를 마실 거라는 그들의 말이 따스했다. 풍진 세상을 외국의 공장지대에서 보낸 그들 중의 하나도 혹 시인이 되지는 않을까.

이른 아침 그와 길을 나섰다.

기벌포에 들르기 전 군산 풍경을 몇 곳 보자 한다. 원주민이며 시인인 가이드가 앞장서 나서는데 거절할 이유가 없다. 낡은 건물들이 줄지어 선 한 선창에 이른다. 세상의 어느 곳이건 아침 선창은 고기잡이배의 왕래며 생선 사고파는 사람들의 목소리로 북적대기 마련이다. 이곳 선창은 예외다. 허물어져가는 옛 제빙 공장 건물과 구석구석 쌓인 생선상자들. "이곳이 째보선창이네. 엄마와 조개를 캐면 이곳에 가지고 와서 팔았지. 그땐 배들이 아주 많았어." 50여 년 세월이 흘렀다. 아이는 엄마와 백합을 팔러 오던 그 시절을 마음속에 새기고 있다. 아이가 한 자리에 주저앉는다.

이곳쯤일 거야.

엄마가 백합 팔던 자리.

나도 아이의 곁에 앉았다. 한 번도 본 적 없는 아이의 엄마가 내 몸 안으로 들어오는 느낌이 있다. 최만식의 소설 『탁류』는 1930년대 후반 군산 째보선창의 모습을 이렇게 적고 있다.

크고 작은 목선들이 저마다 높고 낮은 돛대를 웅긋쭝긋 떠받고 물이 안 보이게 선창가로 빽빽이 들이밀렸다.

칠산바다에서 잡아 가지고 들어온 첫 조기가 한창이다. 은빛인 듯 싱싱하게 번쩍이는 준치도 푼다.

배마다 셈 세는 소리가 아니면, 닻 감는 소리로 사공들이 아우성을 친다. 지게 진 짐꾼들과 광주리를 인 아낙네들이 장속같이 분주하다.

—채만식, 『탁류』 중에서

물이 안 보이게 빽빽이 들어선 선창, 배마다 돈을 세는 사람들. 이보다 더 싱싱한 선창 풍경이 있을 것인가. 사람이 북적대야 아이 엄마의 백합도 금세 팔리고 포구의 장꾼들도 조개탄 불 위에 얹은 백합들을 안주로 대포 한잔을 넘겼을 것이니.

아이는 내게 한 군데 더 보여줄 곳이 있다고 한다.

아이가 나를 데리고 간 곳은 철길을 가운데 둔 작은 마을이었다. 경암 철길 마을이라는 표지가 보인다. 폐선로를 가운데 두고 자리한 작은 가게들과 허름한 집들 사이를 걸었다. 고추 모종과 오이 호박들을 키우는 집들은 지붕이 낮았다. 판자로 엮은 집 안에서 늙은 여자가 혼자 앉아 화투패를 떼고 있다. 안녕하세요,

엄마. 어디서 왔소? 엄마가 손을 멈추고 환하게 웃는다. 어디서 왔긴요, 엄마 배 속에서 왔지. 과일 슬러시를 물고 걷는데 이상하게 마음이 편안해지는 것이었다. 허름하고 부서지고 조각나고, 세련된 구석이라곤 찾을 수 없는 동네. 이 편안함은 어디서 오는 거지? 우리는 그것이 폐선로가 주는 마음의 시 같은 게 아닐까 생각했다. 운명이 다한 버려진 철로가 이곳을 찾아온 인간들을 안쓰럽게 바라보며 건네는 위로의 시. 사는 동안 열심히 살아. 낡고 못생겼다고 그냥 사라지는 것은 아냐. 태어나 한 번도 시를 써본 일 없는 사람들이 레일 위에 하얀 오일 펜으로 시를 쓴다. 누군가의 이름을 적고 하트를 그리고 사랑해!라고 적는다. 이 기찻길, 세상에서 제일 긴 원고지일 것 같다. B4 용지 크기만 한 판매대 위에 못난이 헝겊인형을 파는 이가 있다. 팔릴까? 그에게 물었다. 하루에 몇 개 팔리나요? 열 개 팔 때도 있고 전혀 못 팔 때도 있어요. 그이가 웃으며 말한다. 다행이다. 열 개가 팔린 날도 있다니. 그에게 인형 두 개를 샀다.

그와 기벌포로 갔다.

기벌포는 금강 하구 옛 장항의 이름이다. 내가 군산에 가겠다 전화했을 때 그가 기벌포 이야기를 했다. 백제 유민과 일본군이 손을 잡고 신라 수군과 싸우며 백제부흥운동을 벌였는데 그 장소가 기벌포라는 것이다. 원주민이며 시인인 동무의 제안을 거절할 이유가 없었다. 기벌포라는 이름이 내비게이션에 뜨지 않았는데 현재의 행정구역이 아니라 백제시대의 이름이기 때문이다. 기벌포 해전 전망대 혹은 스카이워크(Skywalk)라고 입력하면 곧장 송림과 모래사장이 멋지게 펼쳐진 바닷가에 닿는다.

바닷가 모래밭에서 가장 아름다운 풍경은 아이들이 모래성을 쌓는 풍경일 것이다. 아이들은 정성을 다해 집을 짓고 학교를 만들고 한순간 손으로 밀어버린다. 그리고 다시 집을 짓고 작은 게가 지나가면 두 손을 모아 얼른 잡는다. 그러고는 이제 막 지은 집에 게를 넣는다. 한 아이가 이 세상에서 누군가를 최초로 초대하는 순간일 것이다. 나도 게를 몇 마리 잡았다. 구멍 속에 숨어 있지만 자세히 보면 발가락이 보인다. 발을 잡아 손바닥 위에 올리면 죽은 듯 납작 엎드린다. 다시 물웅덩이에 넣어주면 금세 구멍을 파고 쏙 들어간다.

기벌포 해전 전망대의 출입은 유료다. 1인 2천 원. 모래사장 위에 높이 15미터 길이 250미터의 전망대를 세워놓고 돈을 받는 상술이 얄미웠는데 매표 순간 감동으로 바뀐다. 2천 원 입장료를 서천군에서 쓸 수 있는 동일 액수의 문화상품권으로 바꾸어

주기 때문이다. 누가 아이디어를 냈는지 알 수 없지만 담당자에게 박수를 쳐주고 싶다.

금강과 서해가 만난 기벌포는 7세기 중엽 백제와 일본, 신라와 당나라가 한반도의 패권을 놓고 전쟁을 벌인 동북아시아 최초의 국제 전쟁터이다. 서기 660년 7월 당나라 장수 소정방과 신라의 연합군에게 기벌포 해전에서 패한 백제는 수도 사비성(현 충청남도 부여군 부여읍)을 점령당했고 왕국은 몰락했다. 의자왕과 신하 93명, 군사 2만 명이 포로가 되어 당나라로 끌려갔는데 이를 제1차 기벌포 해전이라 한다.

663년 백제 부흥군과 일본 연합군은 백제 왕조 복원을 위해 백촌강(현 금강 하구)에서 나당 연합군과 일전을 겨룬다. 8월 13일 백제 부흥군 풍왕과 일본 원군 2만 7천 명이 백촌강으로 나가고 8월 17일 당 수군 또한 백촌강으로 나와 진을 친다. 일본군 장수 여원군신(廬原君臣)은 당나라 장수 유인궤, 유인원과 백강 하구에서 싸웠으나 대패하고 만다. 일본군 전선 400척이 불탄 이날의 전투를 『삼국사기』는 "연기와 불꽃은 하늘을 붉게 물들였고 바닷물마저 핏빛이 되었다"고 적고 있다. 제2차 기벌포 해전의 소략이다.

670~676년 신라군은 당나라 군대를 몰아내기 위한 지속적인

전쟁을 벌였다. 676년 11월 이곳 기벌포에서 당나라 장군 설인귀가 이끈 전단과 싸움을 벌여 최종적인 승리를 거둔다. 기벌포의 승리는 당군을 한반도에서 몰아내는 결정적 계기가 되었으며 삼국통일의 바탕이 되었다.

기벌포 해전 전망대를 천천히 걸어가며 바다를 본다. 바다는 고요하고 바람은 선선하다. 서해에 노을이 진다. 노을은 서해의 시다. 함께 시를 쓰며 살아온 지상의 시간들. 겸손함과 낮음을 꿈꾸었던 언어의 시간들도 언젠가 이 노을 속에 묻힐 것이다.

지상의 모래알들 금빛으로 날아오르네

거금대교, 연홍도, 익금

길 위에서 노래를 부른 적 있나요?

들어서는 순간 절로 노래가 나오는 길을 마음 안에 지니고 있나요? 그렇다면 당신 행복한 사람이에요. 나 지금 노래가 나오는 길에 들어섰어요. 어떤 슬픔이나 절망의 시간에도 이 길에 들어서면 10분 안에 노래가 나와요. 무슨 노래를 부르냐구요? 난 사실 노래를 못해요. 음치예요. 내가 제일 존경하는 사람이 누군 줄 아세요? 노래를 반 박자 쉬고 들어가는 사람이지요. 노래의 시작이 반 박자를 쉬고 들어가야 한다면 난 부르는 걸 포기해요.

한 달 전 노래방에 간 적 있어요.
나라에 좋은 일이 있어 동무들이 모였지요.

소주 한잔 마시고 나도 억지로 노래 한 곡 불렀어요. 반 박자 쉬고 들어가는 노래가 아니지요. "저기 떠나가는 배 거친 바다 외로이~" 이렇게 시작되는 노래 아세요? 내 친구 태춘이가 불렀던 노래예요. 그런데 떠나가는 배가 제일 행복할 때는 언제인지 아세요? 노래 가사가 답이에요. 거친 바다를 외로이 헤쳐 갈 때, 그때가 진짜 배의 삶이 시작되는 순간이에요. 거친 바다를 건넌 뒤에 고깃배는 큰 어족을 만날 수 있어요. 거친 바다를 건넌 뒤에야 외로운 여행자는 포도가 익어가는 평화로운 바닷가 마을에 이를 수 있어요. 그 마을의 보도블록은 15세기에도 있던 거래요. 골목 앞 작은 광장에는 버스킹하는 무명가수가 있고 음유시인도 볼 수 있어요.

오래전 샌프란시스코의 피셔맨스 빌리지(Fisherman's Village)에서 보았던 풍경 생각이 나는군요. 바닷가에 갈매기떼가 모여있는 걸 보았지요. 사람들도 둥글게 모여있구요. 한 나이 든 흑인 아저씨가 기타를 치며 노랠 불렀지요. 샹송이었는데 해변 마을의 저녁노을과 잘 어울렸어요. 노래가 끝나자 사람들이 돈을 주었어요. 나도 그의 모자 안에 10달러 지폐를 넣었지요. 그가 생큐, 눈인사를 했어요. 그는 다시 노래를 불렀어요. 〈장밋빛 인생〉이었지요. 브라보! 노래가 끝났을 때 몇몇 사람들이 돈을 놓았어요. 그때 한 꼬마 아가씨가 그의 모자에 25센트 동전 하나를 놓았어요. 다섯 살쯤 되었을 거예요. 하얀 원피스, 막 동화 속에서 나온 것 같았어요. 그가 한쪽 무릎을 꿇고 꼬마 아가씨의 손등에 가볍게 입을 맞췄지요. 중세의 기사가 영주에게 갖추는 의식 같았어요.

아름다움 다음에 슬픈 일이 일어나는 것은 세상일의 이치예요. 꼬마 아가씨의 아빠가, 키가 크고 잘생겼군요, 그에게 다가가 큰 소리로 나무라며 욕을 했어요. 노래한 이가 흑인이었기 때문이에요. 노래나 부를 것이지 왜 아이에게 손을 대. 아동 추행 죄로 경찰을 부르겠다고도 했어요. 사람들이 뿔뿔이 흩어져 제 갈길로 간 뒤에도 걸음을 옮길 수가 없었어요. 위로를 해주고 싶은 마음이 있었지요. 내 마음을 알았는지 그가 싱긋 웃는군요. 그 다음 일어난 일 생각하면 지금도 가슴이 뛰어요.

기타를 박스에 집어넣은 그가 배낭을 열었어요. 검고 큰 배낭이었지요. 배낭 안에서 나온 것은 빵이었어요. 파리크라상. 그가 빵을 쪼개더니 공중에 뿌렸어요. 갈매기들이 날아올랐어요. 그는 이 일을 반복했어요. 노래가 끝나고 동화 속 소녀의 갈채를 받았고 갈채 뒤에 거무튀튀한 욕설도 한가득 받았으니 인생의 달고 씀이란 이런 게 아니겠는지요. 그 쓴맛 뒤에 갈매기에게 저녁밥을 주던 사내의 모습이 내게 남아있어요. 공연이 끝나면 자신들에게 밥을 주는 사내의 일상을 갈매기들은 이미 알고 있었지요.

내가 들어선 길 이름 궁금하지 않으세요? 27번 국도예요. 전라북도 군산 가까운 어느 마을에서 시작하여 섬진강과 주암호를 따라 흐르다 고흥반도에 이르지요. 고흥반도의 끝 오천포구가 길의 끝이에요. 햇살이 좋고 바람이 푸르러요. 고개를 돌리면 멀고 가까운 바다가 보이지요. 바다는 햇살을 만나면 반짝거려요. 그런 바다를 보면 마음이 넉넉해져요. 인생이 좀 힘들면 어때? 슬픈 일들이 마음을 떠나지 않으면 어때? 시가 써지지 않으면 어때? 노래가 절로 불러지는 것이지요.

소록대교가 보여요. 이 다리를 건너면 소록도예요. 이곳의 중앙공원에 내 마음을 뭉클하게 만드는 한 장소가 있어요. 시인 한하운의 시비가 있는 자리지요. 이 시비는 땅 위에 평퍼짐하게 누워있어요.

보리피리 불며

방랑의 기산하

눈물의 언덕을 지나

피-ㄹ 닐니리.

—한하운, 「보리피리」 부분

이 시비를 찾아오기 제일 좋은 날은 비 오는 날이에요. 빗방울이 시비를 촉촉이 밟고 지나가는 모습을 보고 있으면 마음이 한없이 포근해져요. 천형을 지닌 시인이 눈물의 언덕을 지나 찾아가고픈 인간사는 무엇이었을까요? 식솔들과 함께 밥 먹고 노래하고 손잡고 소풍 가는 가장 범상한 일상 아니었을까요. 우리들이 지지리 못마땅하게 여기는 평범한 일상이 어떤 이에게는 도달할 수 없는 천국의 환영 같은 거라 생각하면 마음이 아파옵니다. 그런데 왜 사람들은 시인의 시들을 바위에 새겨 높이 세울까요? 혹 시인들이 죽은 다음에 시비가 세워지는 것 때문 아닐까요. 내 시비를 땅 위에 직각으로 곧추세우세요, 라고 말하며 세상 떠나는 시인은 없을 테니까요. 나는 세상의 시비들이 땅 위에 펑퍼짐하게 누워있다면 참 좋을 거라 생각해요. 사람들이 지나다 앉아서 쉬기도 하고 염소들이 동굴동굴한 분비물을 떨구기도 하고 아이들이 엎드려 그림을 그리기도 하고. 세상을 떠난 시인도 흐뭇하게 생각할 거예요.

시비 곁 풀밭에 쪼그려 앉아 점심을 먹어요. 토마토 한 알. 찐 감자 한 알. 계피 빵 한 조각. 오렌지 주스. 길 위의 점심으로 과했군요.

보리피리 불며
꽃 청산
어릴 때 그리워
피-ㄹ 닐니리.

—한하운, 「보리피리」 부분

소록대교를 건너면 거금대교가 나와요.
이 다리보다 아름다운 다리 나라 안에 없어요.

물론 내 마음 안의 일이에요. 길이 2,028미터의 사장교인 이 다리는 복층으로 만들어져 있어요. 위층으로 자동차들이 지나가고 아래층으로 사람들이 걷거나 자전거를 타고 지나갈 수 있지요. 소록도와 거금도 사이의 바다 풍광을 바다 위를 걸으며 볼 수 있어요. 상화도와 하화도의 모습이 그림엽서 같고 고깃배들의 한가로운 모습도 볼 수 있지요. 해 질 무렵 노을도 장관이지만 해가 진 뒤 섬마을의 불빛들 정말 예뻐요. 다리를 걸어 왕복하면 바다 위로 난 길을 십 리 걷는 셈이지요. 거금대교를 누군가 100번 걷는다면 나는 그가 신선이 될 수 있으리라 생각해요. 난 아끼느라 10번쯤 걸었어요.

다리를 건너 신양마을로 접어들어요. 신양(新陽)은 옛 이름이 발막금이에요. 마을이 고기 잡는 그물 형상으로 되었다 해서 붙여진 이름이지요. 신양보다 발막금이 더 좋은데 돌아가기란 쉽지 않겠죠? 신양에서 연홍도로 들어가는 배를 기다립니다.

연홍도, 이 이름 예쁘지 않나요?

봄날 복숭아나무의 연분홍 꽃빛깔 같기도 하고 시인 이상이 즐겨 찾아간 다치노미집의 젊은 주녀 이름을 생각나게도 해요. 도선 시간 5분. 눈앞에 바로 섬이 보이지요. 차는 들어갈 수 없으니 참 좋아요. 오후 2시 30분의 배 시간을 5분 차이로 놓쳤어요. 배를 놓치고 나니 더 좋은 일이 생기는군요. 작은 어선의 뱃사람이 묻습니다. 섬에 들어갈려오? 빨리 타시오. 배의 이름이 도희이군요. 섬마을의 뱃사람들은 자신의 아이 이름을 배의 이름으로 붙이기를 좋아합니다. 도희가 따님 이름이세요? 공부 잘했소. 지금은 경기도에서 직장생활한다오. 매일 보고 싶은데 보진 못하니

배에다 이름을 붙인 게요. 말하지 않아도 그가 딸바보임을 알 수 있지요. 그는 뱃삯도 받지 않았지요. 도희 씨에게 행운 있기를.

연홍도의 선창에 관광 안내소가 있어 놀랍니다.

난 관광 안내소가 있는 곳은 진짜 여행자의 여행지가 아니라는 고정관념을 지니고 있습니다. 호젓하게 걸으며 노래도 하고 시도 쓰고 시집 귀퉁이에 그림도 그리고 그럴 수 있기를 바라지요. 거금도에 딸린 아주 작은 섬에 거금도에 없는 여행 안내소가 있으리라는 생각을 하지 못했지요.

마을은 다시마 건조 작업으로 분주합니다. 하얀색의 소라 두 개가 선창에서 여행자를 맞이하는군요. 설치미술 작품입니다. 하얀색의 셔츠를 한 줄에 꿰어 바람에 펄럭이는 깃발이 선창 길을 따라 이어져있습니다. 젊은 미술가들이 이 작은 섬을 갤러리 삼아 자신들의 작품들을 전시하고 있다는 느낌이 드는군요. 마을 안길을 따라 걷는 동안 마음이 따뜻해집니다. 사실 선창을 따라 걷다 마음이 무거워지는 풍경을 보았지요. 담장 벽에 붉은 페인트로 '집 안을 들여다보지 마라!'라는 문구가 거칠게 쓰여있었지요. 빠른 걸음으로 그 집 앞을 지났습니다.

연홍 미술관은 선창 반대쪽 섬마을에 자리하고 있습니다. 쉬엄쉬엄 걸어 30분 거리입니다. 월요일이 휴관인지라 내부를 볼 수 없습니다. 쏟아지는 햇살 사이를 걷다 바닷가에서 뭔가를 채취하고 있는 한 주민을 봅니다. 파래가 미끄러운 갯길을 걸어 그에게 다가갑니다. 뭐 잡으세요? 물으니 갯지렁이를 잡는다는군요. 놀랍게도 그가 잡는 갯지렁이들은 바위 안에 들어있습니다. 단단하지 않은 사암 바위를 호미로 부수면 그 안에서 지렁이들이 나오는군요. 내가 여태껏 본 갯지렁이들과는 스케일이 달랐습니다. 길이가 30센티미터 족히 되었고 살이 통통 올라있었지요. 장어 잡으려 한다오. 둥그렇게 고리처럼 엮어 실에 매달아놓으면 장어들이 물고 올라온다오. 낚싯바늘이 없으면 장어들이 미끼만 먹고 도망가지 않나요? 도망 안 가. 여기 개펄 장어들이 씨알이 잘거든. 이빨도 크지 않아. 지렁이를 꽉 물고 절대 떨어지지 않지. 배를 타고 나가지 않고 바로 앞 풀밭(파래밭을 그렇게 불렀다)에 실을 풀어놓으면 운 좋은 날엔 300마리도 잡을 수 있어. 그럴 땐 돈이 좀 되지. 마리에 얼마쯤 받나요? 물었지요. 2천 원쯤 받아. 크기가 작아. 대신 맛이 있지. 이곳 사람들은 깨장어라고 불러. 너무 맛있으니. 섬 살림이 괜찮은데 젊은이가 없어. 이 지렁이도 한 마리에 천 원씩 낚시꾼에게 팔 수 있는데 잡을 사람이 없어. 소주 한잔 하오? 노래를 반 박자 쉬고 들어가지 못하는 것 외에 내가 못하는 일이 또 하나 있지요. 그로부터 깨장어 한 묶음을 샀습니다. 튼실한 냉동 쏨뱅이 여덟 마리를 선물로 주는군요. 김인석 님, 함께 소주 못해 미안해요. 많이 감사해요.

섬에서 나와 익금으로 갑니다.

오래전 처음 고흥반도에 들렀을 때 사람들은 내게 고흥에 '팔금'이 있다 했습니다. 모래와 개펄뿐인 여덟 개의 가난한 바닷가 마을. 스무 살 때엔 그 마을의 이름을 다 외웠지요. 그것이 자랑이며 훈장 같은 것이었지요. 지금 외우려니 반만 떠오르는군요. 나 어디서 무얼 하며 그것들을 까먹었을까요. 당신은 잊지 말아요. 소중한 것은 인생 끝까지 가져가는 거예요.

익금 가는 길에 연소(蓮沼)에 들릅니다. 연소는 예전 '연못금'이라 불렀습니다. 마을에 연못이 있고 연꽃이 많이 피었지요. 처녀아이들이 시집가기 전 좁쌀 한 말만 먹고 갔으면 소원이 없다는 가난한 바닷가 마을에 연꽃이 환하게 피었다면 그 풍경이 어떠했을지요. 작은 모래사장 위에 놓인 캠핑카 두 대가 평화롭습니다.

해가 지는 시간 익금에 이릅니다.

익금의 한자가 어떻게 되는지 알지 못합니다. 내 마음속에서는

'翼金'입니다. 이십 대에 처음 이 바닷가에 이르렀을 때 마음 안에 절망 외에는 없었지요. 독재자가 있었고 노동자들이 무차별로 끌려가거나 스스로의 몸에 불을 붙였지요. 최루가스에 쓰러지고 감옥소에 가거나 군대에 끌려가는 청년들에게 사랑도 명예도 이름도 남길 것이 없었습니다. 그때 익금에 와서 저녁노을에 반짝이는 바닷가 모래알들을 보았지요.

저녁놀이 붉게 빛나고 한순간 모래알들이 모두 날개를 펴고 하늘로 올라가는 것이었습니다. 이내 바다가 파란 어둠에 물들고 하늘에 별들이 치렁치렁 피어나고 술렁였지요. 사노라면 세월이 주는 선물이 낯설게 느껴지지만 않는 시간들이 우리를 찾아옵니다. 길은 따스하고 바람은 부드럽고 동무들과 어깨동무를 하고 노래를 부르는 시간이 곁에 오지요. 27번 길의 끝. 마음속의 노래가 저녁 바다의 수면 위로 피어오릅니다.

꿈속에 속눈썹을 두고 왔어, 찾으러 갈까

격렬비열도

오랫동안 격렬비열도에 가고 싶었다.

스무 살 무렵 내 여행의 버킷리스트 안에서 이 섬은 늘 열 손가락 안이었다. 국토의 맨 서쪽 끝에 자리한 섬의 이름이 마음 안에 화인을 남겼다. 섬은 내게 두 개의 이미지로 다가왔다. 격렬함과 비열함. 삶이 펼쳐진 이승의 시간에서 이 둘로부터 자유로운 영혼은 드물 것이다. 둘은 내 시 안에서 끝없이 부딪치며 깊은 부끄러움과 절망을 안겨주었다. 어떻게 하면 더 '격렬'하게 살 수 있지? 어떻게 하면 생의 '비열'함으로부터 벗어날 수 있지? 섬의 이름은 내게 신비와 두려움으로 다가왔다.

세월이 지났다.

지난겨울과 봄은 따뜻했다.

더 좋은 세상을 꿈꾸는 사람들의 촛불이 반도의 남쪽 거리거리를 채웠고 사람들은 비로소 자신의 내면에 따뜻하고 격렬한 생의 좌표 하나씩을 지니게 되었다. 함께 뒹군 비열함이여 안녕, 함께 지닌 부끄러움도 안녕. 그렇게 거리를 채우며 걸어가는 사람들의 모습이 보기 좋았다. 살아오는 동안 함께 부대끼며 이승을 살아가는 사람들에 대한 연민이 없었던 것은 아니지만 그들이 걸어가는 모습이 사랑스럽고 자랑스럽게 느껴진 것은 30년 만의 일이었다. 봄이 지나면서 격렬비열도에 가야겠다는 생각을 했다.

홍성 IC를 지나 태안반도 쪽으로 들어섰을 때 폭우가 쏟아졌다. 밤의 77번 국도. 벼락이 치고 천둥소리가 들린다. 지난 해 여름 고비사막에서 만난 비 생각이 난다. 1년에 단 한 차례 내린다는 비. 초원길이 습지로 변해 애를 먹었지만 사흘 뒤 같은 길을 돌아오는데 메말랐던 초원이 꽃으로 덮인 것을 보았다. 사흘 만에 변한 세상. 지평선 뒤의 무지개. 초원의 초목들이 1년 내내 몬순의 비를 기다려 꽃을 피운다고 생각하니 아련함이 있었다. 벼락과 천둥소리는 멈추지 않는다.

몽산포로 들어가는 이정표 앞에서 차 한 대를 만났다. 차는 후미등을 깜박이며 몽산포항으로 들어선다. 15년 전 어느 석양 무렵 이곳에서 잠시 망설였던 적이 있다. 안면도로 들어가 하룻밤을 잘 것인가 몽산포에서 머물 것인가. 몽산포는 안견의 〈몽유도원도〉를 연상케 했다. 진나라의 무릉에 사는 한 어부가 길을 잃고 헤매다 동굴 안으로 들어간다. 복숭아꽃이 만개한 평화롭고 아름다운 마을을 만난 어부는 꿈처럼 지내다 돌아온다. 고을 태수가 말을 듣고 찾고자 하였으나 찾지 못한다. 누군들 사는 동안 무릉의 꿈을 꾸지 않겠는가. 그날 나는 몽산포 대신 안면도를 택했다. 꽃지, 샛별, 바람아래 해수욕장이 있는 곳. 그곳에서 하룻밤 편한 잠[安眠]을 자고 싶었다. 이상향보다 폭우 속에 차를 세우고 핸드폰의 메모장에 시 한 편을 썼다.

작고 빨간 차가

깜박이를 깜박이며

폭우 속의 몽산포항으로 들어서네

번개 치고 천둥 우는 길

죄의 목관들 부서지며 천지사방 날리네

죽은 고깃배의 쓸쓸한 불빛 하나 보이지 않는

밤의 포구에 그는 왜 들어서는 것일까

그가 가고 있는 곳

내가 가고 있는 곳

무엇을 사랑하고 무엇을 절망하며

이 밤 우리는 어디로 가고 있는지

당신을 붙들고 묻고 싶은데

내가 가고 싶은 태안(泰安)의 길을

당신이 먼저 가고 있다

하늘의 번쩍이는 꽃이 눈 안에 핀다

—「몽산포」 전문

몽산포에서 하룻밤을 묵었다. 빗줄기가 식지 않았다. 창문을 열고 빗소리를 들었다. 파도소리를 듣는 것과 다른 운치가 있다.

심장이 몸 밖으로 나와 저 혼자 툭,

떨어질 때가 있다

바닥에서 터지거나 숨거나

스미는 기척도 없이

어둠의 등을 가르며 하염없이

……

밤의 긴 혓바닥 위에 '우리'라는 깃발을 세우고

행복해서 육손이가 되었지

뿌리가 액체로 흐르다 겨울 끝자락에서 겨우

굳을 수 있었지

꿈속에 속눈썹을 두고 왔어

찾으러 갈까

—박연준, 「침대」 부분

박연준의 시집 『베누스 푸디카』 속의 시. '심장이 저 혼자 몸 밖으로 툭 튀어나오는 시간'을 빗소리는 알 수 있을까. 어두운 밤의 혼돈 속에서 '우리'라는 격렬한 깃발을 흔드는 시간이 얼마나 아름다운 시간인지 번개와 천둥은 알까. 단순한 사랑의 시라고 얘기할 수 없는 인간 삶의 고단한 파라다이스가 느껴진다.

꿈속에 속눈썹을 두고 왔어
찾으러 갈까

마지막 연의 두 행. 곤궁한 현실에 인간이 새겨놓은 지혜롭기 이를 데 없는 이상향. 세상의 모든 시가, 음악이, 회화가 이 꿈을 이야기하는 것 아닐까. 몽산포로 들어가던 빗속의 빨간 차. 그도 빗속의 속눈썹 하나를 찾으러 가고 있는지 모른다.

안경처럼 늙고 싶어

먹이를 발견한 짐승이
세상을 압인(壓印)하는 동작으로

늙고 늙어버려
흰 망토에 휩쓸리고 싶어

……

시들기 위해 터지는 폭죽 아래 집을 짓고

버섯이 되는 우리들

하하,

사람처럼 느린 꽃이 어디 있담 피었다 지기까지

웃으며

날아가는 민들레

—박연준, 「꽃밭, 흡혈」 부분

안경처럼 늙고 싶다니. 시는 쓸수록 어렵고 놀랍다. 수없이 많은 안경을 보았고 사진을 찍은 적도 있지만 이 직유, 세상의 모든 안경들과 그 주인들에게 존재의 위로와 찬미를 건네는 것 같다. 사람처럼 느린 꽃이라는 직유. 마음을 울컥하게 만든다. 피었다 지기까지 가장 느린 꽃 속에 담긴 생의 의미와 마음의 행로가 느껴지는 것이다. 당신 어떻게 살았지? 어떤 삶을 꿈꾸는 거지? 좋아, 꽃이 지기까진 아직 시간이 남아있어. 그러니 울지 마. 갈 길을 가봐.

오전 7시. 빗줄기는 멈추지 않았다.

신진도 여객선 터미널(안흥 외항)로 향했다. 터미널에서 N과 C, Y, 《전원생활》의 수연 기자를 만났다. N과 C는 시를 쓰고 Y는 싱어송라이터다. 수연은 한국의 논과 일소[農牛] 사진을 20년 이상 찍어 두 권의 사진집을 낸 바 있다. 그들 모두 새벽의 폭우를 뚫고 서너 시간을 달려왔다. 조개탕으로 함께 아침을 먹는 동안 빗줄기가 가늘어졌다. 예약된 삼광호의 선장과 통화를 했다. 파도만 없으면 갈 수 있다고 한다. (현재 격렬비열도행 여객선은 없다.)

오전 9시. 출항신고를 마쳤다. 두 명의 경찰관이 부두까지 나와 우리의 신원을 파악하고 간다. 국토의 끝에 나간다는 실감이 들었다. 적재량 5.82톤인 삼광호는 정원 14명이지만 선실이 없었다. 뱃머리에 서서 멀어지는 안흥 외항을 바라보았다. 배가 항구를 떠날 때, 누군가 손수건을 흔들지 않아도 내가 머문 육지를 떠나는 아련한 로망이 있다.

삼광호의 선장과 인사를 나눈다. 태어난 해가 같은 이를 객지에서 만나는 것은 기쁜 일이다. 왜 선실이 없는가? 이 배가 여객선이 아니라 어업 채취선이기 때문이라 한다. 가의도가 고향인—마침 배가 가의도를 지나고 있다—그의 주 수입은 고향

사람들과 함께하는 미역 채취와 홍합 채취 작업이다. 가을과 겨울의 홍합 철에 13명의 해녀를 태우고 격렬비열도에 간다고 한다.

"격렬비열도의 자연산 홍합을 최고로 쳐주지. 해녀 1인당 하루 200킬로그램 정도 채취하는데 수매가가 킬로당 7천 원이나 8천 원쯤 돼." 나는 잠시 머릿속에서 그 정도면 어느 정도의 액수인가 계산해보았다. 적지 않은 액수였다. "일주일에 서너 차례 작업 나가지. 그땐 나도 같이 채취 작업을 해. 해녀들에겐 뱃삯으로 홍합 1킬로그램당 5백 원을 받지." 자신의 채취량과 해녀들의 뱃삯을 합하면 그의 수입은 만만치 않았다. 부자시네요, 했더니 고생 참 많이 했소 한다.

가의도에서 초등학교를 나온 그는 14살에 군산으로 나가 군 입대까지 떠돌며 뱃일을 했다. "안 가본 데가 없어. 군에서 제대하고 김제 여자를 만나 결혼했지. 아들 하나를 낳아 기르는 동안 배 다섯 척을 닳아 없앴어. 아들을 서울로 보내 대학 공부까지 시켰는데 나이 서른 되어 배 탄다고 돌아왔어." 아들이 돌아와 좋을 것 같았는데 마음이 편치 않다고 했다. 대처에서 번듯한 월급쟁이로 살기를 바라는 마음이 컸기 때문이다. 그에게 살면서 제일 행복한 때가 언제였는지 물었다. 15년 전 바로 이 배를 건조해 물에 띄웠을 때라는 답이 돌아왔다. “그때 3천만 원을 들였는데 지금 만들려면 1억 더 들지. 배 띄우고 참 좋았어.”

2시간 30분의 항해.
격렬비열도에 닿았다.

격렬비열도는 동 서 북 세 개의 섬으로 이루어져있는데 우리가 닿은 북격렬비열도에 유인 등대가 있고 네 명의 직원이 15일씩 2교대로 근무한다. 마침 이날이 교대하는 날이어서 네 명의 얼굴을 다 볼 수 있었다. 정상의 등대까지 도르래로 물자를 실어 나르는데 보름 동안 지낼 주·부식과 생활용품 양이 적지 않았다.

등대로 오르는 길 주위에 원추리꽃들이 피어있고 동백숲이 이어진다. 노란 원추리꽃들이 섬을 둘러 피어있는 모습은 언제 봐도 아름답다. 동백이 작은 터널을 이루고 있는 길을 걸어가는 동안 동서 격렬비열도의 모습이 보인다. 격렬비열도(格列飛列島)는 세 섬의 모습이 열을 지어 날아가는 기러기들의 단정한 비행을 닮았다 하여 붙여진 이름이다. 젊은 날 유추한 인간 삶의 격렬함과 비열함이 아닌 대자연의 품격을 담은 이름인 것이다.

섬은 태안반도에서 55킬로미터 떨어져있고 중국의 산둥반도와는 268킬로미터의 거리를 지닌다. 이 섬 덕으로 우리의 영해는 격렬비열도 밖 12해리까지 이어지고 우리가 출발한 신진도부터 격렬비열도까지 한국의 내해가 된다. 북격렬비열도가 국유지인 반면 동서 격렬비열도는 사유지라 한다. 몇 해 전 한 중국인 사업가가 이 두 섬을 16억 원에 구입하려 한 적이 있다. 영토분쟁 가능성을 인지하고 매매는 중지되었지만 유사한 일이 벌어질 가능성이 상존할 것 같다. 비교 불가능한 지정학적인 가치와 황금어장 터를 생각한다면 빠른 시일 내 소유주와 현실적인 상의를 거쳐 국유지화하는 것이 좋을 것이다.

북격렬비열도 등대는 1906년 6월 처음 세워졌고 1994년 4월 등대원들이 철수했다가 2015년 9월 다시 유인 등대가 되었다고 등대의 소장이 얘기해준다. 살면서 현실적으로 가장 어려운 점이 무엇이냐 물으니 '물'이라는 답이 돌아온다. 인터넷도 가능하고 태양광으로 전기도 쓸 수 있으나 섬 어디에서도 수맥을 찾을 수 없다고 한다. 빗물을 받아 쓰고 가끔 운반선으로부터 식수 공급을 받아 해결한다고 한다.

그가 내심 묻고 싶었던 얘기 하나를 먼저 꺼낸다. "나는 등대지기라는 말이 싫지 않은데 이 말에 들어있는 직업적인 비하감 때문에 쓰기가 편치 않아요." 등대지기의 '지기'라는 말이 낮잡아 부르는 듯한 느낌을 지니고 있다는 것이다. 특히 같은 공무원 사회에서 그렇다 한다. 그 개념만 알고 있다면 일반인들이 항로표지사라는 딱딱한 이름 대신 등대지기라는 말을 써도 좋다는 얘기를 했다.

국토의 한 끝. 망망대해. 검은색의 헬리콥터 일곱 대가 줄을 지어 바다 바로 위를 스치듯 지나간다. 수연 기자가 잠수함을 찾아 공격할 수 있는 헬기라고 말한다. 등대의 소장도 이런 일은 처음 본다고 얘기한다. 우리가 감지하는 느낌 이상으로 전쟁의 광휘가 반도에 머물고 있는지 모른다 생각하니 가슴이 답답해진다. 수평선이 펼쳐진 등대 그늘에서 N이 국토의 안위를 염려하는 시 한 편을 읽었다. Y가 여행용 기타 반주에 맞춰 노래를 불렀다. 구부러진 길. 삶의 진정한 가치는 무엇인가 생각하는 노래다. 모두 구부러진 길을 가고 있으나 그 내면은 자유와 평화의 에너지 가득하기를.

해 저무는 시간, 3시간의 항해 끝에 태안으로 돌아왔다. 4시간의 상륙 시간을 위해 40년을 기다렸다. 마음 안에 시베리아로 날아가는 기러기들의 행렬이 떠올랐다.

바람 많이 불고 폭풍 치는 날
여행 떠나고 싶었다

서귀포 보목포구

비행기의 창밖에 별이 떴다.

모든 별은 그것을 바라보는 사람의 마음 안에 작은 호수 하나를 만든다. 인도의 시골 마을에서 1년 반을 머문 적이 있다. 여행이라 생각하면 한없이 신비하고 삶이라 생각하면 척박하기 이를 데 없는 시간이었다. 어느 밤 반딧불이 반짝이는 숲속에서 가느

다란 선율의 악기 소리가 들렸다. 소리를 따라 숲길로 들어갔을 때 원주민 집이 있었고 주황색 옷을 입은 나이 든 사내가 작은 악기를 연주하고 있었다. 화려한 선율과는 거리가 먼 맑고 담담한 선율이 숲과 나무와 반딧불의 비행 사이를 적셨다. 연주가 끝났을 때 따뜻한 마음으로 박수를 쳤다. 나는 악기의 이름이 궁금했다. 나는 악기를 가리키며 이름이 무엇인가 물었다. 도타라. 무슨 뜻인가? 그가 내 영어를 이해했고 그는 손가락으로 하늘의 별을 가리켰다. 악기의 이름은 두 개의 별이었다. 악기는 두 개의 줄을 지니고 있었고 그 줄에서 나는 소리가 별의 노래와 같다는 의미를 담고 있었다. 언젠가 내가 별과 별 사이를 떠돌 때 듣게 되는 별의 노래가 있다면 이 선율을 닮았을 것이라는 생각을 했다.

1981년 1월 인간과 나는 처음 만났다.

1월 1일 아침 신문. 신춘문예. 고통과 고독의 문청시절 끝에서 인간은 한 중앙지의 소설에 당선이 되었고 나는 시에 당선이 되었다. 인간과 나는 같은 지방 소재 국립대학에 재학 중이었다. 인간은 영문과에 재학 중이었고 나는 국문과에 다녔다. 사실 나는 그의 이름을 이미 알고 있었다. 제대하고 복학했을 무렵 대학신문에 실린 「북촌에서」라는 제목의 시가 내 마음을 붙들었다.

영문과에 찾아가 인간의 이름을 대며 누구인가? 물었는데 학교에서 얼굴을 보기 힘들다는 답만 돌아왔다. 누군가의 시를 읽고 그 시가 좋아 사람을 찾아간 첫 기억이다.

1월 중순 신춘문예 시상식이 끝나고 인간과 나는 만났다. 둘 모두 서로를 보고 싶어 했었다. 함께 저녁을 먹고 소주도 한잔하고 이런저런 얘기를 하는 동안 통행금지 시간이 다가왔다. 자정이 다 되어 우리는 한 여관집 앞 가로등 등불 아래 서있었는데 처음 만난 사내들의 통과의례가 남아있었다. 누가 형이고 누가 동생인가? 신문 발표를 통해서 둘은 서로의 나이가 같다는 것을 알고 있었다. 생년은 같다 치더라도 월일은 분별이 있지 않겠는가. 몇 월생인가? 우리는 서로에게 묻고 답은 하지 않았는데 둘 모두 태어난 달이 10월이었으므로 동생이 될 것을 두려워한(?) 때문이었다. 우리는 결국 동시에 서로의 주민등록증을 건네 확인하기로 했다. 인간의 주민등록증을 보는데 세상에! 인간과 나는 생년월일이 똑같았다. 내 생년월일을 확인한 인간의 놀라움도 컸다. 같은 해 같은 날 태어나 같은 도시의 문과대학에 다녔으며 같은 해 신춘문예에 당선되었으니 그 놀라움을 어떻게 말하랴. 그날 이후 우리는 이 외로움 많은 행성의 동무가 되었다.

인간은 가끔 그가 쓴 소설 속에 동무가 된 나를 등장시키기도 했다. 사람이 아닌 동물, 개였다. 화가 난 등장인물이 이웃집 개를 발로 걷어차는데 그 개 이름이 '재구'였다. 발길질에 차인 재구는 깨갱깨갱 소리를 지르며 도망가는데 이것이 인간이 새로 얻은 동무를 사랑하는 방식이었다. 인간은 내 신춘문예 당선 시를 좋아해서 그 시를 한 줄 한 줄씩 끊어 한 소설에 집어넣었는데 그 소설을 다 읽으면 내 시 한 편을 다 읽는 셈이었다.

장맛비 그친 서귀포의 밤은 푸르다.
숙소의 창에 한치잡이 배들의 불빛이 환하다.
인간은 올해 한 권의 소설집을 냈다.
소설 때문에 마음이 흔들린 게 얼마 만의 일일까.

금당산 아래 외딴 초가집 굴뚝에선 실낱같은 연기가 피어오르고 있었다. 장죽을 물고 마루에 나와 앉아 있던 노파는 그를 얼른 알아보지 못했다. 초심은 손에 바가지를 쥔 채 부엌문에 기대어 한동안 오들오들 떨기만 했다. 초심은 변한 게 없었다. 양쪽 눈자위는 퀭하니 패고, 작고 야윈 체구는 되레 허하게 졸아든 것 같았다. 그는 말없이 가방을 내려놓고 마루 끝에 걸터앉았다. 새 지저귀는 소리에 돌아보니, 부엌문 옆 선반에 새가 둥지를 틀고 있었다. 노랑할미새였다. 녀석들은 매년 똑같은 자리에서 새끼를 칠 모양이었다. 한동안 부엌에서 혼자 소리 죽여 울고 난 초심이 마당으로 나왔다.

"방에 들어가서 잠시만 쉬고 계셔요. 점방에 가서 돼지고기 한 근 끊어갖고 얼릉 오께라우."

초심은 바구니도 없이 허둥지둥 사립을 달려나갔다. 고라니 같이 가는 목이 그의 눈을 시리게 했다. 그는 마루에 앉아 담배만 연거푸 피워 물었다. 또다시 가슴속에서 뜨거운 덩어리가 울컥 솟구쳤다. (중략) 순간 그는 눈앞에 아무것도 보이지 않았다. 그는 부엌문 앞으로 성큼성큼 다가가자마자 주먹으로 선반을 우지끈 내리쳤다. 어미 새가 미친 듯 소리를 지르며 허공에서 날뛰었다. 그는 바닥에 흩어진 새알을 구둣발로 북북 짓이겨놓고는 가방을 들고 사립을 빠져나와버렸다.

—임철우, 「세상의 모든 저녁」 중에서

방랑벽과 사랑. 삶은 두 본질 사이를 왕래하는 거룻배인지도 모른다. 나이 스물이 안 된 아내—한 살도 안 된 첫 딸을 떠나보낸—를 버리고 떠난 옹기쟁이는 이듬해 불쑥 아내를 찾아온다. 반가움과 서러움, 두려움에 떨며 어린 아내는 점방으로 돼지고기를 끊으러 가고 사내는 부엌에 둥지를 튼 새집을 뭉개고 다시 떠나간다. 긍정도 부정도 할 수 없는 이 야만과 폭력성 앞에서 한동안 마음

102 불레낭개

의 갈피를 잡을 수 없었다. 소설이 펼친 그물 위에서 마음이 흔들린 것도 오랜만의 일이었지만 끝내 이 상황에 동조할 수 없었던 나는 인간을 만나면 이 비극성에 대해 묻고 싶은 생각이 있었다.

보목항에서 인간을 기다렸다.

한번 보자. 전화를 걸었을 때 인간은 내게 꿈 이야기를 했다. "며칠 전부터 자네가 꿈에 나왔어. 주위에 사람은 없고 자네만 있는데 환히 웃고 있더구먼. 그래서 이게 무슨 꿈이지 하고 생각했어. 나 지금 잠시 제주에 머무는 중이야. 몸이 좀 안 좋아." 데뷔한 지 37년. 인간은 고통 속에서 역사의 악령과 싸우는 인간의 군상을 보여주는 치열한 소설들을 써냈다. 제주에 갈 터이니 조용한 포구에서 보세. 나의 말에 그는 보목항 이야기를 했다.

포구는 한가하지 않았다. 주차한 차들이 많고 관광객 차림의 사람이 많았다. 선창 곁의 안내판에서 보목(甫木)이 보리수나무를 뜻함을 알 수 있었다. 제주 본섬의 가장 남쪽 마을. 이 포구의 이름이 보리수나무에서 유래되었다니 신비하다. 기원전 5세기 석가모니는 부다가야의 한 보리수나무 밑에서 깨달음을 얻었다 전해진다. 보목을 항구 이름으로 선택한 사람들의 의지가 궁금해진다.

톡 쏘는 재피 맛에

구수한 된장을 풀어

가난한 시골 사람들이

여름 날 팽나무 그늘에서

한담(閑談)을 나누며 먹는 음식.

아니면

저녁 한 때 가족들과 마당에

멍석을 깔고 앉아

먼 마을 불빛이나 바라보며

하루의 평화를 나누는

가장 소박한 음식.

……

한라산(漢拏山) 쇠주에

자리물회 한 그릇이면

함부로 외로울 수도 없는

우리들 못난이들이야

흥그러워지는 것을

—한기팔, 「자리물회」 부분

부두에서 한기팔의 시 「자리물회」를 읽었다. 돌에 새겨진 시가 정겹고 위화감이 없었다. 이곳에서 태어나고 자란 마음이 깊이 자리 잡은 때문일 것이다. '한라산 쇠주에 자리물회 한 그릇이면 함부로 외로울 수도 없다'는 구절이 가슴에 남았다. 알고 보니 보목항은 자리돔으로 이름이 알려졌다 한다. 오로지 보목항 앞바다에서 이 자리돔이 잡히는 까닭이다. 배가 들어오는 새벽녘이면 포구에는 자리돔을 사고파는 시장이 선다고 한다.

「자리물회」를 읽는 동안 인간이 나타났다. 얼마 만인지 잘 모르겠다. 좀 수척해 보였지만 나를 보는 얼굴에 따뜻한 주름살이 폈다. 생각보다 건강해 보이네. 나의 말에 그는 웃었다. 37년 전 웃는 모습이 남아있다. 인간은 심장병으로 두 번 쓰러졌다 한다. 한번은 직장에서 한번은 주유소에서 기름을 넣다가 사경을 헤맨 동무를 찾아보지도 못하고 그의 입을 통해 듣는 미안함이 컸다. 생각해보니 인간과 마지막으로 얼굴을 본 것이 10년도 훌쩍 넘은 것 같다.

손님이 없는 식당에서 인간과 점심을 먹었다. 이름이 났다고 하는 부두 끝의 식당에 갔더니 평일인데도 사람들이 줄을 서고 있었다. 유명해진 밥을 먹기 위해 줄을 서는 것은 어리석은 일이라고 인간과 나는 똑같이 생각한다. 자리물회에 제주 막걸리 한

병을 시켰다. 인간이 내게 물었다. 우리 처음 만났을 때 자네가 내게 한 말이 무엇인 줄 알아? 기억이 나지 않았다. 내가 인간에게 이렇게 물었다 한다. "자네는 여행을 간다면 어떤 날 떠날 것인가?" 인간은 내게 "바람 많이 불고 폭풍 치는 날"이라 말했다 한다. 그랬더니 내가 "나도 그래. 눈보라 몰아치는 날도 좋아"라고 했다 한다. 그 말을 들으며 나는 웃었다. 지금도 그러한가? 물으니 인간은 지금도 그렇다고 한다.

식사 후에 소천지로 가는 둘레길을 걸었다. 고즈넉하고 담담한 숲길이었다. "책은 좀 팔려?" 인간에게 물었다. 직장을 그만두고 어떻게 살아가는지 물은 셈이었다. "내 책 예나 지금이나 안 팔려." 의외였다. 인간의 소설들은 늘 평단의 관심이었고 언론의 조명을 받았다. 기억하기에 문학상도 여럿 받았다. 팔리는 것보다 더 중요한 것이 내가 정말로 쓰고 싶은 것을 썼는가 하는 진실성이라고 인간이 말했다. 인간에게서 진짜 소설가 냄새가 났다. 인간에게 물었다. 사랑하는 여인을 두 번씩이나 버리고 떠나는 옹기쟁이의 행위는 어떻게 이해될 수 있는가? (착하디착한 인간의 본성을 생각하면 도무지 이해가 되지 않았다.) 인간이 말했다. 소설에는 정말로 다양한 인물이 있고 그것이 궁극적인 미의 창조와는 거리가 있으며 작가의 분신은 아니라고 했다. 겉으로 폭력

으로 보일 수 있지만 그 내면의 인간 양태는 단순하게 볼 수 없으며 못생기고 허름하기 이를 데 없는 군상들의 삶 속에 스미어 있는 내적인 인간의 모습을 보여주는 것이 소설가가 창조하는 인물의 의미라고 얘기했다.

소천지는 해변에 자리한 용암으로 둘러싸인 작은 호수다. 맑은 날에는 한라산의 정상이 호수 속으로 들어온다고 한다. 해가 저물고 별이 뜰 때까지 우리는 바닷가 길을 따라 걸었다. 인간은 내게 히말라야 트레킹에 대해 물었다. 트레킹을 하고 싶었는데 이제 불가능하다고 얘기했다. 관절이 좋지 않다는 것이다. 오늘 걷는 것 보니 충분히 가능할 거라고 얘기하면서 어느 해 가을 인간과 안나푸르나 트레킹을 하는 것도 근사할 거라는 생각을 했다. 오징어잡이 배와 한치잡이 배 들의 불빛들이 하나씩 빛났다. 37년 전 인간과 나는 바람 많이 불고 폭풍 치는 날 여행을 떠나고 싶었다. 어쩌면 우리가 영원히 쓰고 싶은 글의 행로가 아니었을까 하는 생각이 들었다.

천년 동백숲 속에 숨은 이상향

두미도를 찾아서

강구안에서 충무김밥을 먹는다.

혼자 밥을 먹을 때, 그곳이 낯선 곳이어서 조금은 외로워질 때, 나는 가능한 한 눈을 크게 뜨고 입을 크게 벌려 식사하는 버릇이 있다. 눈을 크게 뜨면 내가 그 음식을 얼마나 사랑하는지 느낌이 전달될 것 같고 입을 크게 벌리는 순간 내 안의 허공을 다 지켜본 음식들이 가여운 마음으로 내 몸 안을 방문할 거라 생각한다.

하루 일 끝마치고
황혼 속에 마주앉은 일일노동자
그대 앞에 막 나온 국수 한 사발
그 김 모락모락 말아올릴 때

남도 해 지는 마을
저녁연기 하늘에 드높이 올리듯
두 손으로 국수사발 들어올릴 때

무량하여라
청빈한 밥그릇의 고요함이여
단순한 순명의 너그러움이여

—고정희, 「그대가 두 손으로 국수사발 들어올릴 때」 부분

두 손으로 밥사발을 감싸 안는 것. 국 사발을 들어 올려 볼에 대 보는 것. 혼자 밥 먹는 이만이 느낄 수 있는 생에 대한 의식이 될 수 있을 것이다. 오후 2시 30분. 바다랑호가 출항한다. 통영에서 두

미도까지 두 시간. 평일인 데다 비 소식이 있어 승객이 드물었다. 1, 2층 객실 정원이 124명인데 1층에 두 명 2층에 네 명뿐이다.

두미도행을 결정할 때 머리 속에 떠오른 생각은 두 개의 미(美)였다. 섬 어딘가에 두 개의 아름다움이 있을 것 같았다. 이 생각은 빗나갔다. 두미도(頭尾島)가 두 개의 미가 아닌 머리와 꼬리라는 한자어의 조합이었기 때문이다. 즉물성이 어느 순간 삶의 상징으로 다가올 때가 있다. 머리와 꼬리는 처음과 끝의 별칭이다. 삶의 시작과 끝, 시의 처음과 끝, 여행의 출발과 종착지. 두 가지 의문에 대한 어떤 상징이 섬 어딘가에 기다리는 것은 아닐까, 생각하니 문득 이 섬의 이름이 봄밤의 은하수처럼 가슴 안으로 들어오는 것이었다.

배낭을 베개 삼아 2층의 객실에 누웠다. 바닥은 따뜻하다. 잠시 눈을 붙였는데 욕지도에 닿았다 한다. 단항, 노대, 상노, 하노, 남부 다섯 군데의 경유지를 더 거쳐야 두미도 북부 마을에 이른다고 송도종 씨(72세)가 얘기해준다. 이이는 태어나 지금까지 두미도에 살았다. 중학교를 남해 이동에서 다녔다 한다. 남해에 이동면도 있고 삼동면도 있다고 내가 말하니 그가 환하게 웃는다. 아직도 친척들이 그곳에 있어. 마늘밭을 크게 했지. 고

등학교는 가지 못했어. 그 시절 중학교만 가도 큰 공부를 한 셈이었지. 두미도가 물이 좋고 공기가 참 좋아. 농사 반, 고기 반으로 살았지. 지금 두미도에서 고구마와 마늘이 많이 나와. 원래 두미도산인데 욕지도산으로 알려졌지. 두미도가 욕지면 소속이거든.

두 사람이 욕지도에서 내리고 다른 두 사람이 선실에 들어왔다. 어디 가세요? 물으니 두미도 북부 마을에 간다고 한다. 반백인 남자는 낡은 야구모자를 썼다. 인생의 반은 육지를 떠돌며 살고 반은 섬을 떠돌며 살았다 한다. 인생이란 말을 쉽게 내뱉는 남자의 모습이 보기 좋았다. 육지에서 무슨 일 하느냐 물으니 백수, 라고 웃으며 말한다. 곁의 여인네가 우리 삼촌 멋있다고 추임새를 넣는다. 둘은 선실 밖에서 갈매기들에게 새우깡을 주었다.

2시간 10분 만에 배는 두미도 북부 마을에 닿는다. 선창에서 한 아낙이 문어통발을 손질하고 있다. 돌담과 해묵은 동백나무들이 마을을 감싸고 있고 매화꽃들이 꽃향기를 날리고 있다. 언덕길을 오르다 야구모자 커플이 맞은편 언덕길의 붉은 기와집 안으로 들어가는 것을 보았다. 고향에 집이 있다는 것은 좋은 일이다. 이리저리 떠돌다 문득 돌아와 머물다 보면 다시 세상 속으로 나갈 힘이 붙지 않겠는가.

바다로 난 창이 큰 민박집에 들어섰다. 할머니가 물메기탕에 저녁을 차려준다. 무를 숭숭 썰어 넣은 물메기탕이 시원했다. 올핸 물메기가 귀해 열 마리 한 축에 25만 원이 나간다고 한다. 민박집 장사는 여름 한철이야. 요즘은 산나물을 캐지. 어젠 머위를 8킬로그램 캤어. 1킬로그램에 만 원 받았지. 사흘 전엔 만 오천 원 받았어. 술술 풀어지는 할머니의 말이 신기했다. 한나절 나물을 캐면 십만 원 벌이가 된다는 것이니 웬만한 도시 노동자의 일당 부럽지 않다.

밤새 창을 열고 파도소리를 들었다. 바람이 슬몃 불어오면 매화꽃 향기가 조용히 다가왔다. 인생에서 내게 제일 행복한 시간 중의 하나는 밤의 섬마을에서 파도소리를 들으며 잠드는 것이다. 하룻밤 내내 파도소리를 듣고 일어난 아침이면 마음 안의 텅 빈 공간들이 알 수 없는 꿈으로 채워지는 걸 느낀다.

배가 있었네
작은 배가 있었네

아주 작은 배가 있었네

작은 배로는

떠날 수 없네
멀리 떠날 수 없네
아주 멀리 떠날 수 없네

아늑한 파도소리 속에 지나간 시절의 향수가 짙게 스며있다. 시에 열망하던 시절, 그 처음과 끝이 어딘지도 모르고 무조건 시에 매달리던 1970년대 중반 승복을 벗은 고은의 시 「작은 배」가 좋았다. 아주 작은 배. 어디도 떠날 수 없는 그 배가 나 자신의 운명처럼 여겨졌다. 몇 차례 중얼거리다 보면 신기하게도 이 작은 배는 험한 세상 그 어디라도 떠날 수 있을 것 같았다.

세노야 세노야
기쁜 일이면
바다에 주고
슬픈 일이면
님에게 주네

거문도나 가거도의 멸치잡이 노래 후렴 '세노야'에서 따온 시. 「세노야」를 떠올릴 때마다 의문이 있었다. 왜 슬픈 일을 님에게 주는가. 기쁜 일을 사랑하는 이에게 주어야 하지 않겠는가? 스무 살의 나는 아직 은유를 몰랐다. 1970년대, 삶은 고해였으며 고통은 전쟁이 없는 시절에도 찾아왔다. 모든 슬픈 일들을 님에게 주고야 마는 삶의 섭리를 이해하기 위해서는 세월의 세례가 필요했다. 무엇보다, 기쁜 일을 님에게 선물할 수 있는 당당한 자격을 갖추어야만 했다. 지나간 80년대와 90년대는 그런 점에서 한없이 마음 따뜻해지는 시절이다. 좋은 세상을 님에게 선물하고자 나라 안의 모든 이들이 혼을 바쳤던 그 시절. 은유가 아닌 현실이 된 시간들.

아침이 밝았다. 선창에서 물메기를 말리고 있는 이에게 남부 마을로 가는 길을 물었다. 전신주를 따라가면 돼요. 가끔 멧돼지가 나오니 조심해요. 천천히 바닷가 길을 따라 걸었다. 30분쯤 걸었을 때 알았다. 이 길 세상에서 가장 고요하다. 동백숲에 사는 새소리가 들린다. 바다가 잘 보이는 언덕에서 휴대용 보온병의 모닝커피 한 잔. 신비하다. 단 하루 만에 내가 살았던 세상의 와글거림을 다 망각할 수 있다니.

배낭을 베고 풀밭에 눕는다.

눈앞이 방풍쑥 밭이다. 해풍을 받으며 자라는 이 쑥은 키가 작고 향기가 짙다. 나는 쑥을 캐기 시작했다. 손톱으로 툭 뿌리 부분을 분지르면 쑥 향기가 진동했다. 10분쯤 캤을까. 비닐봉지 반이 찼다. 두 끼는 쑥국을 끓일 수 있을 것이다. 따뜻한 흰밥에 된장 쑥국 한 그릇, 상상만으로 마음이 따뜻해진다.

다시 길을 걷는다. 바다와 산이 반반씩 보이는 길이다. 두미도의 주봉인 천왕산은 해발이 4백 미터가 넘는다. 섬이지만 골짜기가 있고 물길이 있다. 동백나무 우거진 계곡 그늘에 아직 겨울의 한기가 남아있다.

바위에 얼어붙은 고드름 하나를 따 먹는다.

바람이 불고 꽃향기가 일고 새소리가 들리는 이 길. 세상의 길이 아닌 것 같다. 오르막길이 끝나고 내리막길로 접어들어 한 굽이를 돌았을 때 아, 하는 탄성이 절로 났다. 내리막길 끝에 두미도 남부 마을이 보인다. 바다와 산의 경계에 자리한 마을은 이상향의 품격을 지니고 있다. 섬마을을 보며 이상향이라는 생각을 한 것은 처음이다.

산자락을 타고 흘러내린 동백숲이 마을의 일주문 역할을 한다. 선창에서 그물을 깁는 사내를 보았다. 붉게 탄 피부가 아름다운 사내였다. 좋은 곳에서 사네요. 참말 좋소. 뭐가 제일 좋나요? 스트레스 안 받고 내 일 하며 사는 게 제일 좋소. 그가 스트레스라는 단어를 알고 있다는 사실이 신기했다. 나이가 몇이오? 그가 나를 보았다. 갑오년 말띠. 그와 나는 동갑이다. 객지에서 동갑을 만나는 것은 행운이다. 같은 해에 태어났다는 사실 하나로 동무가 되는 것이다. 통성명을 했다. 그는 태근(太根)이라는 멋진 이름을 지녔다. 삶에 내린 굵은 뿌리.

16살 때부터 문어단지 배를 탔소. 찢어지게 가난했지. 세상을 배우기 시작한 것이오. 무슨 일이든 최선을 다해 열심히 했소. 말만 하고 게으른 사람을 제일 싫어하오. 나중엔 초등학교의 기능직 공무원까지 했소. 학교가 폐교되며 명예퇴직을 했다고 한다. 그물 이름이 무엇이오? 낭장망. 큰 입을 벌리고 있다가 고기가 들어오면 삼키는 거지. 예전엔 초등학생 크기의 혹돔이 들어오기도 하고 쌀겨 날리는 키 크기의 광어가 걸리는 경우도 있었지만 지금은 그런 고기 보기 힘들어. 어군탐지기로 싹쓸이하기 때문이지. 전 세계의 어선들이 모두 어군탐지기를 장착하고 눈에 불을 켜듯 바다를 뒤지는데 큰 고기가 남겠소?

내 자랑? 2남 1녀를 다 대학 보내고 취직시켰지. 결혼도 다 했어. 그게 다야. 소원? 마을의 천년 묵은 동백나무들이 오래도록 살았으면 좋겠어. 한 사람의 인생, 그 시작과 끝이 바닷바람 속에 흘러갔다.

마을에는 실핏줄처럼 번진 작은 계단들이 있고 계단의 끝에 처마 낮은 집이 있다. 공동 샘이 있고 담벼락 한쪽에 붉은 우체통이 매달려있다. 한때는 저 우체통에 편지를 넣는 사람들이 있었을 것이다. 오르막 계단의 맨 끝 동백나무에 둘러싸인 집이 있다. 『헨젤과 그레텔』에 나올 것 같은 집이다. 집주인과 얘기하고 싶었으나 육지에 혼례가 있어 나갔다고 한다.

두미 남부 분교 교무실에는 2014년 11월 달력이 걸려있다. 하나 남은 4학년 학생이 전학 가고 학교는 폐교가 되었다. 마을 현황이 눈에 들어왔다. 청석리. 가구 수 1, 주민 수 1. 한 집에서 주민 한 명이 사는 마을. 마음이 움직였다. 청석리로 가는 길을 천천히 걷기 시작했다. 오르막과 내리막이 반복되는 길 위에서 아스라이 청석리의 모습이 보인다. 복숭아꽃은 피지 않았지만 무릉도원이 따로 없다.

마을에 한 사람이 살고 있으리라는 생각은 빗나갔다. 2014년까지는 정확히 한 가구 한 사람이 살았지만 그 뒤 두 집이 더 들어왔다. 이곳이 고향인 사람들이 다시 돌아온 것이다. L씨는 20년의 대기업 근무를 청산하고 40년 전에 떠난 옛집으로 돌아왔다. 낡을 대로 낡은 집을 혼자 수리하는 중이다. 요즘 세상에 번듯한 직장을 그만두다니 모두 미쳤다고 하더군요. 그가 커피를 내주었다. 이상향에서는 봉지 커피조차 감로수처럼 느껴진다. 마루에 수북이 쌓인 책이 눈에 들어온다. 모두 동화책이다. 동화를 쓰실 생각인가요? 관심이 있어요. 그와 나는 한동안 동화에 대해 이야기했다. 그가 도시의 삶을 청산하고 고향 섬마을로 들어온 자체가 삶이라는 동화의 시작일 것이다. 그 끝이 어디일지 알 수 없지만 40년 동안 비워둔 그의 집에 사람 사는 냄새가 풍기기 시작한 것만으로 이야기의 시작은 충분히 아름다울 것이다. 언젠가 다시 이 마을과 집을 찾을 것 같다.

세월이 흘러도 홀로 여행을 하는 인공지능은 나타나지 않을 것이다

비금, 도초에서

비금, 도초 섬 여행길에 두 명의 길동무가 있었다. ㅁ은 영화 관련 일을 하며 나와 인도를 두 차례 여행했다. 인도영화제를 기획하기도 했고 순천만 국가정원에서 동물영화제를 기획하기도 했다. KTX 열차를 빌려 서울에서 순천까지 주인과 함께 기차를 타고 여행 온 반려동물들이 자연 속에서 주인과 함께 영화를 보는 프로그램이 그의 머릿속에서 나왔다. ㅅ은 30년 이상 한 우물을 판 발명가이며 특허사무소를 운영한다. 인공지능에 깊은 관심을 지니고 있으며 알파고와 이세돌의 대국 이야기가 나오면 금세 흥분한다. 둘은 종종 함께 여행을 다니는데 외국여행을 갈 때도 바둑판을 챙겨 가지고 간다.

목포의 북항을 떠난 농협 철부도선은 2시간 5분 만에 비금도의 가산 선착장에 이른다. 1980년 초여름날 서남해의 섬들을 떠돌며 여행할 때 처음 이 섬에 들렀었다. 염전 풍경이 눈에 들어왔지만 삭막한 느낌이 강했다. 헐벗은 입성의 사내들이 수차를 돌리는 모습이 민초들의 열악한 삶의 현장을 지켜보는 느낌이 있었던 것이다. 건조장에 드러난 소금꽃의 모습과 염부들의 마른 어깨 위의 소금 자국들은 그 무렵 읽은 황석영의 「객지」나 한승원의 「앞산도 첩첩하고」에 나타난 떠돌이 삶의 주인공들이 지닌 정서와 다른 삭막함을 지니고 있었다.

그때 내 마음의 위로가 된 풍경들이 있었다. 돌담들이었다. 햇살들은 뜨거웠고 나뭇잎들은 싱싱했다. 터벅터벅 따라 걷는 마을에는 돌담들이 자리하고 있었다. 굽이굽이 이어진 돌담들의 모습이 한없이 포근하고 평화로웠다. 크고 작은 돌들이 서로 만나 담을 이루는 모습을 보고 있으면 마음 안이 촉촉해지는 것이었다. 제5공화국, 현실은 삭막하기 이를 데 없었다. 어디서 무엇이 되어 다시 만나랴. 수화 김환기. 외로운 뉴욕에서 고향의 시간들을 생각할 때마다 하나씩 찍은 점들. 그때 한 생각이 찾아왔다. 수화의 점화(點畵)가 바로 이 돌담에서 비롯된 추상이 아닐까. 김환기의 고향이 이웃 마을 섬인 안좌였다. 돌담 사이에는 작은 바람의 통로가 있다. 나는 손바닥을 펴 담장에 대보기도 하였는데 그럴 때마다 돌들의 숨소리 같은 느낌이 손가락 사이사이 다가왔다. 터벅터벅 걷다 해 질 무렵 어느 마을에서 석장승을 보았다. 아무런 표지도 없이 마을 앞에 서있는 석장승은 나를 보고 씩 웃는 것도 같고 으형 하며 겁을 주는 것 같기도 하였는데 이상하리만큼 친근한 느낌으로 다가왔다. 간척지 마을들의 돌담과 석장승을 찾아가는 것. 이번 여행의 목적이었다.

내비게이션이 차 한 대가 겨우 지나갈 돌담길을 일러준다. 이세돌 바둑기념관 가는 길이다. 이끼들이 담장 아래 끼어있고 키 작은 꽃들이 담장을 따라 피어있다. ㅁ과 ㅅ에게 이 길은 성지순례와 같은 길이다. 이세돌이 태어나고 자란 고향. 바둑을 좋아하는 이라면 한번은 들르고 싶은 길이 바로 이 길일 것이다. 잠시 차를 세우고 돌담길을 따라 걷는다. 어디서 온 양반들이요? 한 할머니가 묻는다. 이세돌을 아시느냐? 물으니 환하게 웃으시며 길을 일러준다.

기념관 안, 바둑판 앞에 앉은 이세돌의 실물 모형이 눈에 들어온다. 비어있는 맞은편 자리에 앉으면 이세돌과 대국하는 기념사진을 찍을 수 있다. 바둑판에는 알파고와의 4국 상황이 재현되어 있다. 인공지능 알파고와의 대국에서 이세돌이 내리 세 차례 패했을 때 인간의 충격은 컸다. 로봇이 인간을 지배하는 세상. 그 어떤 말로도 표현할 수 없는 비극적 현실이 다가올 수 있다는 가능성에 두려움을 금치 못했던 그때 이세돌은 4국에서 끝내 인공지능을 이겨낸다. 이 승리로 인간의 존엄과 자유 상상력의 상처는 치유되었다. 어떤 극한상황에서도 포기하지 않는 인간의 꿈과 의지. 이세돌이라는 이름은 그 상징으로 다가왔다.

내게 바둑에 대한 잊지 못할 추억이 있다. 1991년쯤의 일이다. 당시 고등학교 1학년이던 이창호 사범을 만났다. 한 출판사에서 이창호 어린이 바둑교실이라는 책을 기획하였고 편집자는 내게 집필을 맡겼다. 그와 인터뷰를 했다. 고등학교 1학년이지만 그는 이미 국내 최고수였다. 지금 제일 하고 싶은 일이 무엇인가? 전혀 예상하지 못한 답이 그의 입에서 나왔다. 소풍. 초등학교 시절부터 이창호는 단 한 번도 친구들과 소풍을 간 적이 없었다. 친구들이 소풍을 갈 때 어린 창호는 바둑 수업에 매달려야 했다. 소풍을 가는 친구들이 더없이 부러웠던 것이다. 그가 말했다. 난 사실 소풍이 무엇인지 몰라요. 나는 그에게 초등학교 담임선생님 이름을 물었는데 놀랍게도 그는 학년별로 선생님의 이름을 다 기억하고 있었다. 이창호와 나는 바둑도 한 판 두었다. 6점 바둑이었는데 바둑이 끝났을 때 한 집을 졌다. 여유 있게 이길 수 있음에도 단 한 집만 이기는 예의를 어린 그가 지니고 있었다.

내촌 돌담마을에 들렀다. 등록문화재 283호로 지정된 마을, 단정하게 정비된 돌담길이 조금은 낯설다. 시골 담장은 어깨 높이를 넘으면 따스한 느낌이 줄어든다. 집 안에서 바깥 풍경을 볼 수 있어야 하고 집 밖에서 사람 사는 모습이 보이는 것이 보다 인간적이다. 구멍 숭숭 뚫린 돌담 사이 바람도 솔솔 드나들고 햇빛도 치렁치렁 내려앉고 가금들의 소리도 평화롭게 들려야 제격이다.

저물 무렵 서남문대교를 건넜다. 비금도와 도초도를 잇는 편도 1차선의 이 다리 사랑스럽다. 다리 높이에 고저가 있어 멀리서 곡선으로 보이며 동화 속인 듯 반짝이는 가로등 불빛이 있다. 사람과 사람을 잇는 것이 사랑의 마음이라면 섬과 섬을 잇는 다리의 정서는 꿈 아닐까. 사랑하는 이가 사는 맞은편 섬에 배를 타지 않고서도 갈 수 있는 꿈. 그런 점에서 서남문대교는 한 가지

아쉬움을 지닌다. 아, 이 다리 인도교를 겸하고 있다면 좀 좋을까. 비금에서 걸어온 여행자가 937미터의 긴 다리 위를 건다 서남해의 지는 해를 볼 수 있다면 좀스러운 인생의 시간들이 문득 따스해지지 않을까, 하는 생각이 드는 것이다.

다리를 건너면 화도 도선장이다. 옛 이름 불섬을 한자로 옮긴 것. 예전에 이곳이 독립된 섬이었고 밤이면 선창에 횃불을 피워 뱃사람들의 길 안내를 했다고 해서 붙여진 이름이라 한다. 불섬길은 지난 70년대까지 번성했던 도초도 면소재지의 골목길 이름이다. ㅁ은 이 길을 보고 흥분했다. 전혀 손을 대지 않고서도 자연스러운 영화 세트장이 될 수 있다는 생각에서다. 방앗간, 양품점, 슈퍼, 이발소, 여관, 시계점, 복지센터, 참기름집, 미용실 들이 골목 안쪽에 고스란히 모여있는데 가게와 집들은 낡을 대로 낡았다. 오전 내내 불섬의 골목길을 걸으며 사진을 찍었다. 비금과 도초에 연도교가 들어서던 1995년부터 이 길은 쇠락해졌다. 해안을 따라 신작로가 새로 만들어지고 모든 상권이 터미널이 들어선 부둣가 쪽으로 옮겨갔기 때문이다.

채호천 씨(42세)는 도초도 명품 천일염을 만드는 소금장이다. 2경(6천 평) 규모의 염전을 혼자 운영한다. 왜 혼자 하느냐 물으니 더 큰 규모를 하려면 사람을 써야 하고 사람을 쓰더라도 내 맘 같이 일해줄 사람을 찾을 수 없어 마음 편하게 혼자 한다고 했다. 아버지도 형도 모두 천일염 사업을 한다. 1톤 규모의 큰 백에 소금을 담고 있는 그에게 소금 시세를 물었다. 그가 일본 원전 이야기를 꺼냈다. 2011년 대지진과 쓰나미 이후 후쿠시마 원전 사태로 천일염 값이 급등했다고 한다. 20킬로그램 한 포에 도매가가 2만 5천 원, 소매로 팔 때는 6만 원까지 받았다 한다. 올해의 수매가는 아직 결정되지 않았지만 작년 경우 20킬로그램 한 포에 5천 원에서 6천 원 정도. 올핸 8천 원쯤 되었으면 싶다고 했다. 올해 예상 수확량은 7, 8천 포 정도. 그가 소금창고 한쪽의 간수가 빠진 소금 한 톨을 맛보라 건네준다. 짠맛이 적고 혀끝에 감칠맛이 돌았다. 천연 미네랄의 힘이라고 한다. 천일염을 만드는 데 비법이 있느냐 물으니 갯물을 맑고 좋은 것을 써야 한다고 했다. 탁한 물을 쓰면 그 맛이 아무래도 탁해진다고 했다. 우리 식구들 먹을 소금이라 생각하고 만들면 그게 좋은 거라고 1킬로그램 세 봉지의 소금을 선물로 준다. 계산을 하려 하였지만 예부터 좋은 것은 나눠 먹어야 제맛이라고, 그것이 섬 인심이라고 말하는데 값을 고집할 수 없었다.

도초도에는 석장승이 있는 세 마을이 있다.

외남리 입구에서 호미를 든 할머니를 만났다. 석장승이 어디 있나요? 물으니 응, 곧장 마을 안으로 들어가봐 하신다. 무꽃이 핀 길을 따라 들어서니 동구에 선 석장승이 보인다. 1946년에 세워진 이 석장승은 마을 앞 진개비 바위의 기운을 꺾기 위해 세운 것이다. 동네 청년들이 이유 없이 죽는 경우가 많았는데 이 장승을 세운 뒤로 탈이 없어졌다 한다. 석장승은 두 눈을 부릅뜨고 이를 앙다문 형식인데 머리에는 초립 형태의 모자를 썼다. 가슴은 갈비뼈가 앙상한 모습으로 손에 칼처럼 보이는 연장을 들고 있다. 마을에 들어서는 악귀들에게 두려움과 함께 여긴 먹을 게 없으니 다른 곳으로 가보라 얘기하는 것 같다. 장승의 하반부에는 깊은 홈을 파고 홈의 윗부분을 돋을새김으로 새겼으니 이는 음양의 이치를 새겼다 할 것이다. 무서운 형상인데 소박하고 따스하다.

궁항마을은 활의 목에 마을이 위치하여 활목이라 부르다 궁항으로 바뀌었다 한다. 돌담 사이 배추꽃과 무꽃이 가득 핀 마을 풍경이 평화로웠다. 마을 안으로 이어지는 작은 개울이 있는데 예전엔 나박포(羅迫浦)라는 이름의 선창이 마을 앞에 자리했다 한다. 장승은 왕방울 눈을 하고 상하의 치열을 드러내 무서운 느낌을 주고 있다. 외남리의 장승처럼 갈비뼈가 드러나있고 왼손에 칼을 쥐고 있다. 수염을 기르고 있으며 모자는 쓰지 않았다. 마을 앞 사자바위가 궁항마을에 직접 투시되어 크고 작은 재앙이 있어 그 기운을 막고자 세웠다 한다(1950년). 마을 앞 긴 섬이 뱀의 형상이고 연등개는 개구리 형상이어서 장승을 개구리 섬에 세웠는데 긴 섬에 산소를 지닌 씨족들이 장승 탓으로 뱀이 개구리를 구하지 못해 항차 재앙이 두렵다 하여 지금의 자리로 옮겼다 한다. 모자를 쓰지 못한 장승이 조금 안쓰러웠다. 비와 눈보라가 치면 여윈 몸이 푹 젖을 것 같다.

고란리 마을 입구에서 오래된 돌비석을 보았다. 명의 천순(天順, 1457~1464년) 연간에 세워진 매향비(埋香碑). 매향은 미륵불신앙과 깊은 관련이 있다. 삶이 궁핍하고 난해한 시절 민초들은 향목을 민물과 바닷물이 만나는 지역에 묻었는데 오백 년 천 년 지난 침향을 최고의 보물로 여겼다. 이 향을 태워 발원하면 미륵불의 세상에 다시 태어난다고 믿은 것이다.

고란의 석장승은 왕방울 눈에 상하 치열을 앙다문 모습이나 전체적인 모습은 웃는 형상이다. 모자는 쓰고 있되 두 손에 들고 있는 것은 없다. 갈비뼈의 과장된 모습도 보이지 않는다. 평화로운 모습인 것이다. 치마 자락 사이 깊게 파 올린 홈이 보인다.

이 홈은 가슴 높이까지 올라와있다. 운주사의 두 분 와불 생각이 난다. 두 와불 사이에 깊게 파인 홈은 여성 생식기의 상징으로 읽히거니와 고란리 석장승의 깊게 파 올린 홈 또한 같이 해석될 가능성이 충분히 있다. 자손의 번창과 미풍양속의 보존의 의미가 스며있는 것이다. 이 장승은 1938년 마을 신당의 자리에 세워졌다.

고란의 돌담길은 예나 지금이나 지극히 평화롭다. 자연스레 쌓아 올린 돌담길 사이를 걷는 것만으로 마음이 따스해진다. 이 마음의 따스함이 어디서 오는 것인가 물으니 ㅁ이 얘기한다. 오랜 세월 모가 닳을 대로 닳은 돌들의 꿈이 따스하게 모였으니 평화롭지 않을 수 없다는 것이었다. ㅅ이 거들었다. 아무리 세상이 바뀐다 해도 이렇게 평화로운 돌담을 쌓는 인공지능은 나타나지 않을 거라고. 먼 곳에서 파도소리를 담은 바람이 불어왔다. 아무리 세월이 흘러도 홀로 외로운 여행을 하는 인공지능은 나타나지 않을 것이다. 우리는 맑은 모래사장이 기다리는 시목포구로 걸음을 옮겼다.

작은 별들이 서로의 살을 만져주는 백사장이 있었다

화진포에서

내설악을 넘는 동안 비가 쏟아진다.

장맛비다. 사는 동안 눈과 비를 좋아했다. 눈 오는 날 창 앞에 서서 세상이 하얗게 변하는 것을 보고 있으면 잠시 세상살이의 지난함을 잊는다. 어렸을 적 한때 머물렀던 장흥의 산골마을은 눈이 많았다. 두세 자 잣눈이 쌓일 적 있었는데 그때 할머니와 아랫목에 앉아 물큰하고 뜨거운 고구마를 먹으며 눈 오는 들을 보았다. 댓살을 쪼개 한지를 바른 방문에는 손바닥 크기의 네모난 유리조각이 붙어있었다. 유리 위에는 한지가 붙어있었는데 이 한지를 위로 접어 올리면 작은 유리창이 드러나는 것이었다. 웃풍이 센 한옥은 아랫목만 달구기 마련이어서 이 작은 유리창은 습기가 차지도 않고 눈 오는 들판을 생중계해주는 것이었다.

지금 생각해보니 할머니도 눈 오는 것을 좋아하셨던 것 같다. 가을이 깊어지면 할머니는 안방 문에 새 한지를 붙였는데 손바닥 유리창의 네 귀에 작은 치자 열매 하나씩을 붙이는 걸 잊지 않았다. 노란 치자 열매들은 은은한 느낌이 있어서 눈 오는 창밖 풍경을 쓸쓸하지 않게끔 만들어주었다. 기다리던 눈이 오면 할머니와 나는 유리를 덮은 한지를 밀어 올리고 눈 오는 세상을 바라보았으니 삶의 길지란 겨울날 눈이 펑펑 내리는 곳이어야 한다는 내 생각은 그때 비롯된 것이다.

여행 중에 만나는 비를 나는 길조로 여긴다. 목마른 대지에 비가 스며드는 모습도 좋거니와 무엇보다 비의 신이 여행의 신이라는 걸 믿기 때문이다. 벵골어를 배우기 위해 인도에서 체류할 적의 일이다. 50도 가까운 불볕더위가 이어졌다. 벵골어 레슨을 마치고 돌아가는 길에 바울이라 부르는 한 무리의 집시들이 피리를 불고 춤을 추는 것을 보았다. 그들 속의 하얀 아가씨가 눈에 띄었다. 그이는 유창한 벵골어로 바울들과 대화를 나누었는데 그 모습이 보기 좋았다. 어디서 왔는가? 체코. 이름? 인드라. 이 이름 느낌이 좋았다. 특별한 의미가 있는가? 비의 신이며 여행의 신의 이름이다. 세상 이곳저곳을 찾아 흐르는 비야말로 진정한 여행자라는 얘기를 그이가 했다. 그때 빗방울이 떨어지기 시작했다. 우기가 시작된 것이다. 빗속에서 사람도 나무도 소도 모두 춤을 추는 것 같았다. 그날 나는 태양신 사원이 있는 코나라크로의 여행을 시작했다.

십이선녀탕 계곡 앞길과 백담사 계곡을 차례로 지나 56번 국도로 접어든다. 속초로 가는 길. 시야가 보이지 않을 만큼 빗방울이 거세다. 다산 정약용(1762~1836년)의 시에 장맛비에 관한 시가 있다.

장맛비 폭우처럼 내리누나	苦雨苦雨雨不休
마을의 집들 밥 짓는 연기 끊기고	煙火欲絶巷人愁
부엌엔 물이 넘쳐흐르는데	竈門水生深一尺
아이들은 풀잎배 만들어 띄우누나	穉子還來汎芥舟

어른들도 어린 시절 다 저러고 놀았었지	迺翁當年所不免
고개 내밀어 나무라려니 문득 부끄러워라	擧頭欲嗔還自羞
나 책상 앞에 앉아 글 쓰고 읽음은	我今鈔書不出戶
학문에 열중해서가 아니라 배가 고파서라네	良由氣衰非學優

— 정약용, 「고우행(苦雨行)」 전문

장마 속에서 밥 불은 끊겼는데 아이들은 풀잎배를 띄우고 논다. 선비는 책상 앞에 앉아 글 읽는 시늉을 한다. 모든 이들이 선비란 저러해야 한다고 생각할 때 다산의 실토가 이어진다. 학문에 열중함이 아니라 (배가 고파) 기력이 쇠진했음이라고.

속초항에 들어와 저녁으로 오징어물회를 먹었다. 선택의 잘못이 있었다. 알전구 불빛이 반짝이는 허름한 식당을 찾아 들어서는 게 원칙이련만 인터넷 검색을 하여 한 식당을 찾았다. 29년간 가업을 이어온 식당이라는 문구가 눈에 들어왔다. 식당의 규모가 생각보다 컸다. 돈을 많이 벌었나 보다, 라고 생각하면서 29년 된 그 맛은 여전하겠지, 라는 생각을 했다. 상상 밖이었다. 오징어물회인데 오징어는 보이지 않고 세꼬시 같은 허름한 생선살이 채워져 있었다. 전복은 고사하고 멍게나 해삼 살도 보이지 않았다. 일하는 이에게 오징어는 어디 있나요?라고 물으니 오징어가 너무 비싸서, 라는 연변 어투의 말이 돌아온다. 속초에서의 첫 번째 식사 그릇을 비우지 못했다.

청초호와 동해가 만나는 자리에 숙소를 잡는다. 여관방 창밖으로 붉은색과 푸른색이 섞인 네온 불빛이 들어온다. 24시간 해장국집이다. 두 사람이 한 우산을 쓰고 해장국집 안으로 들어선다. 실내의 환한 불빛, 유리창 안 내부가 보인다. 둘은 마주 보지 않고 나란히 앉았다. 조금 있으니 둘이 술병을 나누는 모습이 보인다. 몸을 씻고 나왔을 때도 둘은 여전히 그 자리에 앉아 있다. 한평생 헌신하겠다는 맹세. 지상의 끝까지 당신과 함께 가겠노라는 약조. 비 오는 밤 한 우산을 쓰고 찾아온 국밥집. 나란히 앉아 나누는 국밥 한 그릇과 소주 한 잔. 관념의 유희보다 현실이 아름답다는 생각을 하는 동안 빗기운이 약해진다. 비는 마법사의 아코디언을 지니고 있다. 자장자장 할머니의 자장가 소리를 들려주기도 하고 덜컹덜컹 장도열차의 바퀴소리와 먼 기적소리를 들려주기도 한다.

연전에 미국에서 손님이 찾아왔다. 한 주립대학에서 교편을 잡고 있다는 그의 한국말은 능숙했다. 그가 A4 용지 한 장을 내게 건넸다. 용지에는 내가 쓴 시 한 편이 적혀있었다. 「화진포」. 1990년

대경
속초

문학과 지성사에서 나온 시집 『서울 세노야』에 실려있는 시였다.

대전차 장애물 징검다리처럼 코스모스 꽃길 위에 놓였습니다
만세교 지나 함흥 여관집 큰아들 기선이 아재
이곳 바다에서 사십 년 동안 소주병 붙들고 울며 살았습니다
돈은 벌어서 뭐해 고향에 다 있는데 밤이나 낮이나
지나는 사람 붙잡고 소주 한잔씩 권했습니다
울다가 웃다가 헌 오징어처럼 파도에 떠밀려 죽었습니다
대전차 장애물 구렁이처럼 코스모스 꽃길 휘감았습니다
너두 한잔 해라 이놈 얼룩무늬 콘크리트 장벽 향하여
고래고래 소주 한잔 따르던 기선이 아재 꽃길 속에 설핏 보
았습니다.

—「화진포」 전문

시에 나오는 기선이 아재가 큰아버지입니다. 큰아버지 이야기를 어떻게 아시는지요?

1989년의 가을 나는 강원도의 산골마을들을 지나 속초와 거진항 화진포 통일전망대를 차례로 답사했다. 그때 속초의 아바이 마을에서 하룻밤을 보냈다. 저물 무렵 한 실향민 식당에서 아바

이순대에 소주 한잔을 마시다 옆 테이블 사람들과 합석하게 되었다. 함경도에서 피난 온 이들은 모두들 길어야 세 달 안에는 고향에 돌아갈 수 있다고 생각했다. 그래서 북녘땅이 눈앞에 보이는 속초에 자리 잡고 내일모레 집에 갈 생각을 하다 40년이 흘렀다고 했다. 그중 한 아바이가 내게 기선이 아재 이야기를 했다. 함흥에서 큰 부잣집 아들이었는데 돈 벌 생각 않고 매일 소주만 마시다가 얼마 전 세상을 떴다고 했다. 그러니 난 기선이 아재를 만난 적이 없다. 모인 사람들이 눈물방울을 보일 만큼 아파하는 사람의 이야기를 들으며 함께 마음이 아팠고 여행길에서 돌아와 곧장 쓰게 된 것이 시 「화진포」였다. 제목을 아바이마을로 하지 않고 화진포라 한 이유가 있다. 아픈 그의 생애에 꽃 한 송이를 바치고 싶었다. 속초보다 북쪽에 자리한 화진포는 함흥과도 더 가깝고 해당화와 명사십리로 알려진 아름다운 포구마을이다. 그러니 그의 영혼이라도 이별 없고 아프지 않은 저세상 어디에 머물기를 바라는 마음을 담은 것이다. 내게서나마 큰아버지의 이야기를 들으려 했던 손님은 뜻을 이루지 못했다.

새벽녘 아바이마을은 장맛비 속에 가로등 불빛만 몇 개 반짝인다. 행정구역상 청호동으로 불리는 이곳은 원래 청초호와 동해가 만나는 자리에 만들어진 작은 모래섬이다. 함경도에서 내려온 이들이 땅이 있을 리 없으니 이 모래섬에 허름한 판잣집을 지어놓고 모여 산 것이 아바이마을의 시초가 된 것이다. 27년 전 내가 방문했을 때 마을은 허름한 어촌의 모습을 하고 있었다. 그런데 2000년 〈가을동화〉라는 한 편의 드라마가 이곳을 배경으로 촬영된 후 마을은 이름을 얻게 되었다. 송혜교가 여주인공 은서로 나오는 이 드라마는 일본과 동남아로 퍼져나가게 되었고 원조 한류의 한 진원지가 된 것이다. 오늘날 아바이마을은 설악대교와 금강대교의 두 다리로 속초항과 연결된다.

설악대교 곁 아직 캄캄한 선창에서 하역작업을 하는 어선 한 척을 만났다. 민양호(48톤), 연안 통발어선이다. 우산을 쓸 수 없는 험한 비바람 속에서 선원들이 하역작업을 하고 있다. 독도와 울릉도 해역으로 4박 5일간의 조업을 나가 40킬로그램들이 800상자의 어획고를 올렸다 한다. 만선인가요? 물으니 고개를 끄덕인다. 이 홍게들은 박스당 3만 원쯤에 게맛살 공장으로 팔려나간다고 한다. 여덟 명의 선원이 5일 동안 2,400만 원 이상—값나가는 활어들은 따로 보관한다고 했다—소득을 올렸으니 이번 출항은 성공인 셈이다. 17대의 1톤 트럭들이 홍게 상자를 싣기 위해 대기해 있는 모습도 보기 좋았다.

아침 8시. 주차장에 관광버스 한 대가 들어온다. 중국인들이다. 가을 동화를 찾아온 것이다. 모두들 아바이마을의 골목길로 흩어져 들어가 셀카를 찍는다. 비가 너무 심해 이들이 머문 시간은 10분에 불과했다. 주민 한 명과 함께 갯배를 탔다. 아바이마을과 속초항의 제일 가까운 해협(30미터)을 건너는 이 배는 1미터 길이의 쇠막대 끝의 갈고리로 쇠줄을 끌어당겨 이동한다. 해협을 건너는 데 1분이 채 걸리지 않는다. 요금 편도 200원. 통일이 되면 속초에서 원산까지 1시간, 함흥까지 3시간이면 갈 것이다.

화진포로 가는 길에 거진항에 들렀다. 아침 겸 점심을 먹기 위해 식당을 찾다가 작은 활어 난전을 만났다. 비도 오고 손님도 없으니 오징어 좀 사오. 오징어들이 갈색 플라스틱 대야 안에서 씩씩하게 돌아다닌다. 어떻게 파오? 물으니 만 원에 여섯 마리를 주겠다고 한다. 어젯밤의 물회식당 생각이 났다. 오징어가 너무 비싸서 넣지 못했다고 했는데 이곳에서 오징어는 풍년이었다. 회를 쳐주는 데 2천 원, 회초장 값 3천 원. 이 오징어회 덕으로 어젯밤 물회식당의 무례한 느낌을 조금 지울 수 있었다.

화진포의 모래는 예나 지금이나 곱다. 맨발로 밟으니 바스락

소리가 난다. 바울들이 연주하는 현악기에 '엑타라, 도타라'라고 불리는 악기가 있다. '별 한 개' '별 두 개'라는 뜻이다. 별 한 개가 꿈꾸며 내는 소리(엑타라). 별 두 개가 서로 살을 부비며 내는 소리(도타라). 처음 이 악기의 소리를 들었을 때 소리보다 그 이름에 넋이 빠지고 말았다. 화진포의 백사장에선 이름을 알 수 없는 작은 별들이 서로의 살을 따뜻이 부비는 소리가 난다. 27년 만에 다시 기선이 아재에게 이 소리를 전하고 싶다.

세월은 가끔
인간의 등을 두드리기도 하지

칠산바다의 포구마을을 찾아

고창 IC에서 733번 지방도로로 접어드는 순간 비가 왔다. 들과 산이 고요히 젖는다. 늦가을의 비는 사람의 마음도 젖게 한다. 이 길을 따라가면 선운사에 이르고 미당의 고향 질마재에도 이른다. 구시포와 동호 만돌 하전과 같은 바닷가 마을들이 길 끝에 백사장과 개펄을 펼쳐 들고 기다린다.

스무 살의 몇 해를 이곳 바닷가 길을 떠돌며 살았다. 윤택함이라고는 찾을 수 없는 바닷가 마을들. 그 마을들에 하나씩 불이 켜질 때 적막에 가까운 그 불빛이 좋았다. 개펄 길을 따라 터벅터벅 걷노라면 한 줄 혹은 두 줄을 지닌 작은 현악기 소리 같은 바닷바람이 불었다. 바다로 들어가는 길은 황톳길이었고 길은 곧장 개펄로 이어졌다. 개펄에서는 할머니들이 조개를 캤다. 반지락과 동죽 백합 같은 조개들의 실물을 개펄 위에서 만났다.

머 하시오 할머니?
응 동죽이랑 백합이랑 캐지.

볼우물이 쏙 들어가는 할머니가 웃으며 말하는 모습이 참 보기 좋았다. 할머니의 바구니에 애기 주먹만 한 하얀 조개가 눈에 띄었다. 백합이었다. 할머니는 그 백합을 선운사 사하촌의 식당에 가져가 판다고 했다. 국물이 뽀얗고 맑아서 사람들이 좋아해. 선운사, 사하촌, 백합, 뽀얀 국물. 할머니가 무심결에 내뱉는 말들이 맑은 시어 같았다. 이곳 길 위에서 한 10년 떠돌며 시를 쓰는 것도 좋을 거라는 생각을 했다. 그냥 걸으면 영혼이 쓸쓸할 수 있으니 얼후나 마두금 같은 작은 현악기 하나를 동무 삼아 다니면 좋을 거라는 생각을 했다. 망상 같은 꿈도 또한 꿈이어서 이 꿈은 이루어지지 못했다.

해리면의 나성마을에서 한 사내를 만났다.

사내는 이곳 월봉리 마을에서 태어났다. 서울에서 대학을 졸업하고 20여 년 출판 일을 하다가 뜻한 바 있어 고향 마을로 돌아왔다. 콩꽃 같은 아내와 딸 둘을 데리고. 그가 고향 마을에 펼친 일은 폐교된 초등학교에 '책마을 해리'라는 인문 공동체를 만드는 것이었다. 나성초등학교라는 이름의 이 폐교는 절대 폐교될 운명이 아닌 이름으로 다가온다. 비단 라(羅), 별 성(星)을 이름으로 지녔으니 이는 은하수의 뜻이다. 어찌 은하수가 사라질 수 있을 것인가. 사내에게 증조부님이 계셨다. 1888년에 태어난 이규택 옹. 천석꾼이었던 어르신은 1958년 자신이 지닌 땅에 학교를 지어 나라에 기부한다. 한때 전교생 1천 명에 이르렀던 학교는 탈농촌의 과정을 겪으며 2001년 폐교되기에 이른다. 가문의 어른들과 상의해 그는 나성초등학교를 구입했고 여기에 자신의 꿈인 책마을 공동체를 만들기 시작했다.

꽃밭에 보라색 과꽃이 피어있다.

옛 교사 안에는 십만 권에 이른다는 장서가 수북하다. 글쟁이에게 가장 행복한 일은 자신의 책이 꽂힌 서가를 만나는 것. 시집이 꽂힌 서가에서 내 첫 시집 『사평역에서』를 만났다. 놀랍게도 1983년 초판이었다. 천장과 창문에 듣는 빗소리를 들으며 책에 이름을 적는 동안 이곳 바닷가 길에서 시를 쓰며 살고 싶던 지난날의 시간 하나가 마음 안에 과꽃처럼 피어났다.

그가 학교 이곳저곳을 소개해주었다. 책 감옥이 있었고 나성 사진관이 있었다. 가져온 책을 끝까지 읽는 것이 책 감옥이었고 사진관은 이곳 책마을의 주인인 아이들과 마을 어르신들의 사진을 직접 찍는 곳이었다. 책의 생산자로서의 운명을 꿈에도 꾸지 못한 이들이 이곳에서 자신들의 이야기를 적고 시를 써서 자신의 이름이 적힌 책을 만들어낸다. 이쯤 해서는 두 줄 현악기 하나를 들고 이 마을들을 방랑하리라던 나의 꿈은 초라하고 부끄러워졌다. 사내는 관념의 마두금이 아닌 현실 속에 자신만의 마두금 소리를 펼쳐낸 것이다. 우리 인쇄술과 옛 사람들이 책을 만드는 과정을 아이들에게 직접 가르치는 모습도 보기 좋았다. 그는 선운사의 보물 『석씨원류』 이야기를 했다. 이 책이 한국 그림책의 원조이며 그런 의미로 재현된 『석씨원류』 목판을 가지고 아이들에게 직접 종이에 인쇄하는 과정을 경험하게 한다고 했다. 25년 전 선운사에서 이태호 선생과 『석씨원류』 목판을 한지에 인쇄한 적이 있다. 송진을 갠 먹을 사용해 탁본에 성공했을 때 모두 박수를 쳤다. 세계 최초의 인쇄술과 활자에 대한 교육을 강화하는 것이 정말 중요한 일이라고 사내는 강조했다. 사내는 내게 보름날

밤이면 부엉이와 보름달 축제를 한다며 꼭 들르라 했다. 부엉이가 눈이 큰 것은 밤새 책을 읽은 때문이라는 것을 사내를 통해 처음 알았다.

책마을 언덕에서 실눈을 뜨면 바다가 보인다.
길과 바다와 개펄이 함께 가을비를 만난다.

동호포구에 이르렀다. 60년대까지 이곳 앞바다는 칠산바다로 불리었다. 봄이면 조기떼가 몰려가는 소리가 장관이었다 한다. 알을 가득 밴 오사리조기들이 규규규 소리를 내며 몰려갔다고, 그때가 좋은 시절이었다고 스무 살의 내게 이곳에서 만난 뱃사람이 얘기해주었다. 백합 캐던 할머니를 만났던 곳도 동호였다. 동호에는 4킬로미터에 이르는 고운 백사장이 있다. 봄이면 백사장을 따라 해당화가 핀다. 백사장을 따라 아름드리 송림이 이어져있으니 이 송림이 스무 살의 나를 반겨준 기억이 있다.

비 오는 백사장에는 인기척이 없다. 갈매기들이 백사장 가득 내려앉아있다. 내가 가까이 가도 두려워하지 않는다. 우산을 돌리며 달려갔더니 그제야 날개를 펴고 날아간다. 5미터 앞에서 멈춰 나를 본다. 인간 행위의 원형질이 외로움이라는 것을 이들이 알고 있는지도 모른다. 백합껍데기들이 하얗게 모래 틈을 비춘다. 처음 동호에 이르렀을 때 백합껍데기는 보이지 않았다. 백합 종패를 뿌렸으니 불법 채취는 안 된다는 어촌계의 경고판이 보인다. 책마을 학교의 한 아이는 자신의 시에 이렇게 적었다.

조개

오늘 개펄에서 캔 조개들
조개들은 우리를 어떻게 생각할까?

잡아가는 포획자?
죽여버리는 살인자?
아니면 먹어주길 바랄까?

먹기 전 칼국수 속 조개는 불쌍하게 보인다
그래도 역시 조개는 맛있다.

스무 살의 내게 동호의 명사십리는 머물고 싶은 곳이었다. 가난했지만 유토피아라고 표현해도 좋은 그런 곳이었다. 아이의 시를 읽는 동안 나는 슬퍼졌는데 우리 또한 인생이라는 그물에 포획된 한 마리 백합조개일 수 있다는 생각이 들었기 때문이다. 스무 살의 나는 이곳에서 시를 쓰며 작은 현악기를 동무 삼아 지내고 싶었는데 지금 내게는 그런 생각이 없다. 세월이 내 마음을 바꾸었는지, 내 마음이 흉포해졌는지 잘 알지 못한다. 바닷가 식당에서 옛 시절을 그리워하며 백합죽 한 그릇을 먹었다. 언젠가 다시 동호에 올 때, 그때는 백합죽 한 그릇도 찾지 않을지 모른다. 세월과 인간이 어긋나며 가는 것. 그것이 삶의 본질이라면 무척 쓸쓸할 것 같다.

개펄을 따라 만돌포구로 들어간다.

동호와 만돌, 하전 포구의 개펄들은 2010년 람사르 습지로 등록되었다. 보존할 가치가 있는 습지로 세계인들이 인정한 것이다. 어느 저물 무렵 스무 살의 나는 만돌포구에 이르러 생각했다. 만돌은 무슨 의미인가? 만 개의 돌처럼 세세연년 영원하라. 만돌이란 이름의 떡총각이 누군가를 연모하며 살았던 마을. 상사병. 만 개의 돌이 부서져 은모래가 된 마을. 어떤 이미지인들 다 좋았다. 이 갯마을에서 작은 모래알이 될 때까지 파도소리를 들으며 시를 쓰고 살면 한 인생 아니겠는가?

기억에 만돌마을에 불어오는 갯바람이 좋았다. 바람 속에 하나둘 피어나는 마을의 불빛들이 분꽃 같았다. 바람은 전 세계의 시인들이 가장 좋아하는 시어이다. 바람을 노래하지 않은 시인은 없다. Oh wind blowing all day long / Like ladies skirts across the grass(바람이여 종일 속삭여다오 / 처녀 아이 치맛자락 풀밭을 스치듯). 유일하게 암송하는 영시. 여자가 풀밭을 스치며 달려가는 곳. 두 팔 벌리며 연인이 서있는 곳 아니겠는가? 바람은 껴안은 둘 사이에서 부푼다.

만돌마을의 바닷바람, 희미한 불빛, 아련한 갯내음. 이런 모든 것이 좋았다. 만돌 바닷가에 공원이 생겼다. 바람공원이 그것이다. 개펄 위로 긴 데크가 들어서고 국적불명의 풍차 건물이 들어섰다. 다 그 좋았던 바람 탓이다. 한적했던 개펄 길은 분주해졌다. 주말이면 기천 명의 사람들이 바람공원을 찾아온다고 한다. 사람인 내가 사람의 일을 탓하는 것이 우습기는 하지만 이곳 바다와 개펄은 조용히 놔두는 것이 람사르 습지 지정의 의미에도 어울리지 않을까? 개펄 택시로 개조된 트랙터를 타고 입장료를 낸 관광객들이 개펄에 들어가 조개를 채취하는 모습이 내겐 낯설고 우스꽝스럽다. 종패를 뿌리는 것은 어쩔 수 없다 하더라도 마을 주민들이 옹기종기 모여 고기도 잡고 조개도 채취할 수 있다면 좀 좋지 않겠는가?

우산을 쓰고 하전마을의 개펄 길을 걸었다.

이 포구의 이름도 좋았다. 하전(下田). 낮은 밭. 인간의 심성을 이야기하는 것은 아닐는지. 빗방울이 눈썹에 걸리면 보이는 풍경들이 글썽거린다. 물속의 조약돌을 보는 느낌이 있다. 풍천강 너머 마을의 불빛들이 빛난다. 사람이 만든 모든 예술작품 중 가장 아름다운 것은 도시의 불빛이라고 말한 인류학자가 있다. 불빛 하나하나에 스민 인간의 이야기들, 그들의 꿈과 사랑과 좌절을 생각할 때 이 말은 지극히 옳다. 번쩍이는 도시의 불빛에서는 포식자의 냄새가 난다. 색색으로 변모하는 네온 불빛들을 보고 있으면 인간의 꿈이라기보다는 좀비의 꿈으로 느껴질 때가 있다. 나는 인간이 만든 예술작품 중 가장 아름다운 것은 포구마을의 조용한 불빛이라고 생각한다. 만 건너 포구마을의 불빛도 좋고 바다 건너 섬마을의 불빛도 은은하다. 그 불빛들 어딘가에 욕심 없이 사는 사람들의 유토피아가 있을 것 같다.

날이 완전히 저물어 좌치 나루터를 건넜다.

마을의 불빛이 좋았다. 복숭아꽃들이 핀 듯하다. 선운리다. 미당의 질마재 신화가 태어난 마을. 1989년 선운리에서 처음 서정태 선생을 만났다. 신문사의 편집국장을 은퇴한 그는 고향과 형님의 시를 자신이 지켜야 한다는 생각을 했다. 처음 그를 만났을 때 그는 형님의 삶은 형님의 몫이라는 얘길 했다. 친일 행적과 5공화국에 대한 미당의 행적을 두고 한 말이었다. 다만 미당의 시는 지켜져야 할 부분이 있다고 했으며 그런 동생의 모습이 보기 좋았다. 창호지 문에 불빛이 스미어 나왔다. 선생님 저 왔습니다. 몇 번이나 문을 두드린 뒤에야 기척이 들리고 선생이 문을 열었다. 94세. 선생은 저녁밥을 안치다 나를 맞았다.

선생님 지금도 직접 밥하세요?
그럼 내가 안 하면 누가 하지? 이게 내 운동이야.

선생과 나는 이승에서 열 번은 넘게 만났을 것이다. 누군가 동행이 있어 선운사를 찾을 때 나는 꼭 선생을 찾았다. 동행에게 선생의 모습을 보여주고 싶었기 때문이다. 아, 선생님 전엔 매일 등산도 하셨는데. 맞아, 질마재 뒷산도 곧잘 탔지. 이제 잘 걷지도 못해. 그때 등산한 탓으로 지금까지 살고 있는 거야. 마을에 나보다 나이 든 사람이 없어. 다들 세상 떴지. 할머니 하나가 나와 동갑이라는데 이이는 나보다 성하지 못해. 선생은 내게 내년 5월 15일 이야기를 했다. 그때가 춥지도 않고 덥지도 않으니 세상 떠나기에 제일 좋은 날이라고, 사람들 신세도 덜 지는 일이라고 하였다. 선생을 볼 때 나는 세상에서 맑은 사람 하나를 보았다는 생각을 한다. 먼 섬마을 불빛 같은 분이라는 생각을 한다. 내 스무 살의 포구마을들이 다 변했어도 변하지 않는 인간이 하나 있으니 세월은 가끔 인간의 등을 두드리기도 한다.

2부

열렬히 사랑하다 버림받아도 좋았네

가을 햇살과 차 향기의 바다를 따라 걸었네

구강포에서

배낭에 이번 여행의 도반들을 챙긴다.

사과 두 알, 귤 한 봉지, 찐 고구마, 홍주 작은 한 병, 설아차 한 줌. 『애절양(哀絶陽)』과 『칼 세이건의 말』, 『심야 이동도서관』 세 권의 책도 함께 챙겼다. 점심 대용이 될 찐 고구마를 제외하면 나머지는 이번 여행길에 만날 어른을 위한 준비물이다.

강진읍의 남포리에서 차를 세운다.

이 마을은 남해바다가 도암만을 따라 육지 제일 깊숙이 들어온 마을이다. 다산의 외손자 윤정기는 『동환록』 강진편에 '구십포는 곧 구강포인데 남당이라고 한다. 강진현 남쪽 5리에 있다'라고 적고 있다. 『동국여지승람』의 '구십포는 강진 남쪽 6리인데 월출산에서 남으로 흘러온 물이 강진현 서쪽의 물과 합하여 구십포가 된다'라는 기록과 부합된다. 두 기록에 의하면 구십포와 구강포가 같은 지명이며 강진읍 남쪽 5~6리에 위치한다는 것을 알 수 있다. 한때 구강포로 불리며 탐라나 한양에서 뱃길이 열렸던 포구마을 남포는 지금 전형적인 농촌마을로 변해있다.

사람들은 강진읍까지 들어오는 긴 바닷길을 도암만이라는 이름 대신 구강포 앞바다라는 이름으로 부르기를 좋아한다. 아홉 개의 강물이 모이고 먼 바다의 풍선들이 들어서는 포구마을에는 객주가 들어서고 사람 사는 냄새가 북적일 것 같다.

다산초당으로 가는 819번 지방도로에는 해창이 있고 갈대밭이 펼쳐진다. 나라 안 바닷가 마을 곳곳에 자리한 해창은 옛 시절 한양으로 세곡을 실어 나르는 세곡선이 왕래하는 포구의 이름이다. 가을 햇살 아래 끝없이 펼쳐지는 갈대밭. 다산 정약용은 이곳 갈대밭 마을에서 왕조시대 가렴주구의 절정을 보여주는 한 풍경을 만난다.

갈대밭의 어린 아낙 울음소리 처량해라
관청 향해 울부짖고 하늘 향해 절규하네
원정 나간 지아비 돌아오지 못함은 탓할 수 없지만
멀쩡한 사내가 양(陽) 자른단 말 듣지 못했네
시아버지 삼년상은 이미 지났고
갓난아이 배냇물 채 마르지 않았는데
삼대의 이름이 군적에 실렸네
하소연해보지만 관졸은 호랑이 같고
세리들이 으르렁대며 소를 끌어 가네
칼 갈아 방에 드니 흘린 피 방을 적시고
스스로 한탄하길 애 낳은 죄로 이 액운 당한다오.

— 정약용, 「애절양(哀絶陽)」 부분

소는 농가의 으뜸 자산이다. 시아버지는 이미 세상 떠났고 아이는 아직 강보에 싸여있다. 3대의 군포를 내라는 포악한 명령과 함께 전 재산인 소를 빼앗긴 농부는 이 모두가 아이를 낳은 잘못이라며 자신의 남성을 스스로 절단해버린다. 단지 슬프다는 감정으로 이 현실을 받아들일 수 있을 것인가. 이 시에 다산의 17년 강진 유배생활의 전 세계가 축약되어있다 할 것이다. 그는 이 유배시기에 나라의 정치와 백성들의 후생복리, 언어 천문학 의술 등 한국 실학을 집대성한 5백여 권의 저술활동을 하였거니와 정인보는 이를 두고 다산 1인 연구가 조선역사의 연구라는 평을 남긴다.

이 시기 그의 저술활동을 대변하는 말이 있다. 과골삼천(踝骨三穿). 복사뼈에 세 번 구멍이 났다는 말이다. 단순 계산으로 1년에 29권의 저술활동을 하였으니 한 달에 세 권, 열흘에 한 권 가까운 집필 활동을 한 셈이다. 그가 좌정하여 글을 쓴 후유증이 얼마나 심했는지 짐작할 수 있다. 인류 역사 이래 스스로의 삶과 세계의 모순에 대해 이만한 열정을 지닌 천재를 찾기란 쉬운 일이 아니다.

나는 구강포—도암만 대신 이렇게 쓴다—의 갈대밭을 걷고 또 걸었다. 내게 이 개펄과 갈대밭은 나라 안 어떤 풍경보다 끈끈하고 사랑스럽다. 불과 2백여 년 전 이곳 바닷가를 핏발 선 눈으로 바라보았을 왕조시대 지식인의 꿈과 이룰 수 없는 현실의 한숨소리가 깊게 느껴지는 것이다.

배낭에서 사과와 귤, 홍주와 설아차를 꺼냈다.

세 권의 책과 제물들을 신문지 위에 놓고 차를 우리기 시작했다.

가을 햇살이 참 좋네요. 어른 계실 때는 더 좋았겠지요. 이곳 갈대밭에서 이런저런 이야기 하며 어른이랑 밥 한 끼 먹고 싶었지요. 혹 운 좋으면 아직 이곳 갈대밭 어디엔가 남아 서성이는 어른의 머리카락 같은 한숨소리 한 줄기 만날 수 있을는지요. 귤은 귤동부락—다산초당 아랫마을—의 귤과 어떻게 다른지요? 그때의 귤 맛은 잘 모르지만 이 귤은 달콤하고 향기가 있습니다. 2백여 년이 흘렀다고 생각해보세요. 탐라에선 귤나무에 걸린 세금이 하도 심해 농부들이 나무뿌리를 억지로 상하게 해 고사시킨 일도 있었지요. 귤동에선 그런 일이 없었나요?

사과는 어른이 보지 못했겠지요? 조선에 사과가 처음 들어온 게 1890년대이니 말이지요. 대구에 들어온 미국인 선교사들이 가져왔다 해요. 선교사가 무슨 일을 하는지 아세요? 신유사옥(1801년)과 관련이 있습니다. 당신과 형님이 서학이라고 받아들인 그 학문 있지요? 사실 그 서학 때문에 어른의 유배생활이 시작되었고 그 유배로 인해 19세기 초 조선의 현실이 오늘날 우리에게까지 낱낱이 전달될 수 있었으니 당신과 서학의 만남은 운명이라 할밖에요. 그 서학이 자유롭게 받아들여지고 조선은 아니 2백 년 후의 한국은 지상에서 가장 왕성한 서학의 나라가 되어있습니다. 사과 맛을 보세요. 달고 상큼하지요. 가을은 사과의 계절입니다. 가을 사과는 보약이라는 말도 있지요.

홍주와 설아차. 둘 중 뭘 먼저 드실는지요. 홍주는 진도에서 나는 술입니다. 구기자 열매로 담은 술이지요. 도수가 조금 있습니다. 어른의 시들을 읽다가 술 이름이 간간히 나오는 것 보았지요. 「기성잡시」에서 금사주와 창출주, 「전원」이라는 시에서 송엽주라는 이름을 보았고 「박취(薄醉)」라는 시에서는 '술 몇 잔에 찌는 더위를 넘기는데 / 바람이 좋으니 물가의 정자 생각이 나오'라는 구절도 읽습니다. 송엽주는 알 것 같은데 금사주와 창출주는 어떤 술인가요? 어른이 이중 제일 좋아하는 술은 무엇인가요? 홍주는 말 그대로 붉은빛인데 이중 붉은빛을 띤 술이 있는지요?

설아차는 내력이 있습니다. 지금 백련사에 여연이라는 스님이 계십니다. 한때 스님은 대흥사의 말사인 일지암에 머물렀지요. 이 스님이 어떤 스님인지 알면 당신은 놀랄 것입니다. 당신이 다산초당에 머물 때 혜장 스님을 만났었지요? 이 스님과 함께 차 마시며 선비의 삶과 승려의 삶이 어떻게 같고 다른지 세계의 본질이 어떻게 꿈틀대며 개인의 삶에 다가오는지 서로 느끼며 우정을 나누었지요. 혜장의 소개로 만난 초의 선사와도 당신은 깊은 교분을 나누었지요. 초의는 『동다송(東茶頌)』을 썼고 많은 유학들과 교분을 나누며 다성(茶聖)의 호칭을 얻었습니다. 초의로부터 동쪽 나라 차의 이야기가 시작되었으니 그를 우리 차의 시조라 부를 수 있습니다.

여연 스님은 초의로부터 우리 차의 종통을 이어받은 이입니다. 당신이 2백 년 늦게 태어났다면 분명 여연 선사와 함께 산중의 구름과 꽃을 보며 차 향기를 즐겼겠지요. 지혜와 사랑에 대해서, 혹은 자유에 대해 이야기했을지 모릅니다. 당신의 나이 서른 살 쯤엔 유럽의 프랑스라는 나라에선 혁명을 일으킨 백성들이 자신들의 왕을 반역죄로 처형하였지요. 자유와 평등 박애의 개념이 지상에 최초로 실현된 것이지요. 당신이 이 일을 알았다면 어떤 일이 조선에서 일어났을지 잠시 생각도 해봅니다.

어느 눈 내리는 섣달 그믐날 저녁 여연 스님을 찾아간 적이 있지요. 눈이 온 산을 소복소복 덮는 것을 보며 스님이 내려준 차를 마셨습니다. 세상의 차 맛이 아니었지요. 스님과 수담도 한 수 나누었습니다. 혹 당신도 혜장이나 초의 선사와 수담을 나눈 적 있는지요. 그 밤 내가 차 욕심이 깊다는 것을 처음 알았습니다.

마시고 마시고 끝없이 마셔도 좋았지요. 그 뒤로 스님은 저잣거리에서나 암자에서 보면 꼭 차 한 통씩을 주었습니다.

시인은 좋은 차를 마셔야 해.

스님이 내게 해준 말입니다. 시인은 좋은 차를 마시는 사람이라는 행복한 정의를 처음 알게 되었지요. 설아차는 여연 스님이 내게 건네준 차 이름입니다. 산죽나무 아래서 이슬을 먹으며 자란 차나무의 이파리로 만든 차입니다. 설아차로 빚은 눈물 차—눈물방울처럼 아주 적은 양의 물을 부어 내린 차—를 마실 때 찻잔 안에 당신의 숨소리가 스미어있음을 처음 알았지요. 그렇게 내게도 걸명(乞茗)의 인연이 생겼습니다. 얻어먹는 차가 얼마나 맛있고 향기로운 줄 알게 되었으니 조선 선비들의 무수한 걸명의 이력에 나도 슬며시 끼어들게 된 것이지요. 술도 한 잔 드시고 차도 한 잔 드세요. 갈대밭의 바람소리가 참 좋아요. 혹 여전히 이곳 어디에 머물고 계시다면 갈대밭의 바람소리로 한 번쯤 옷깃을 적셔주세요.

다산초당에는 다산이 차를 끓이던 바위와 샘물이 있다. 먹을 수는 없지만 샘물은 여전히 나온다. 옛 어른의 체취가 남아있는 것이다. 기억하고 소중히 여기는 것, 꽃이 피고 바람이 불어오는 것. 같은 이치일 것이다. 다산 동암에는 보정산방(寶丁山房)이라는 추사체의 판액이 걸려있다. 나는 이 글씨를 볼 때마다 이곳 만덕산 일대에 자라고 있는 차 이파리들 생각이 난다. 보편적인 추사체가 상하로 강직하고 자유롭게 뻗친 글씨체라면 보정산방의 글씨체들은 좌우로 부드럽게 펼쳐진다. 차 이파리가 바람에 가벼이 흔들리는 모습이다. 산꽃들의 향기가 차 이파리들을 꾀었는지 모른다.

> 고관대작들 예부터 전복을 즐겨 먹지
> 산동백 기름 짠단 말 빈말 아니라오
> 읍내 아전들의 방 농 속에
> 규장각 학사들 편지 가득 꽂혀 있네
>
> —정약용, 「탐진촌요(耽津村謠) 14」 전문

이 편지, 마음 아프다. 활 전복을 서울로 보내기 위해 어떤 방법을 써야 할지 난망하고 동백기름은 누구에게 보내고 누구에게 보내지 않을지 또한 난망하다. 규장각 선비들의 동백기름 수요가 애인이나 첩을 위한 것임도 조금 쓸쓸하다.

백련사에서 여연 스님을 만났다. 산과 마주하며 깊은 호흡을 하던 중에 나를 본 스님은 정말 반갑게 맞아준다. 스님이 머무는 선방 가운데 앉아 차를 마시며 구강포 앞바다를 본다. 멀리 가우도가 보이고 출렁다리도 보인다. 가을 햇살에 반짝이는 갯물들. 어떻게 살았어? 좋은 글은 좀 썼어? 늘 그대가 궁금했어. 우리 얼마 만이야. 여기 좋지? 스님이 내려준 차를 한 모금 마시고 구강포 앞바다 한 번 보고 다시 차 한 모금 마시고 구강포 앞바다 한 번 보고. 10여 년 전 일지암에서 추억을 생각하며 수담도 한 수 나누었다.

수담 중 스님의 서가를 훑어보는데 『코스모스』가 보인다. 칼 세이건의 책이다. 여행 중에 내가 휴대하고 다니는 책은 읽을 책이 아니라 다 읽은 책들일 경우가 많다. 따뜻하게 읽은 책들과 함께 길 위에 서면 든든한 도반과 함께 여행하는 기분이 든다. 『애절양』은 초판인 1983년부터 읽었고 『칼 세이건의 말』과 『심야 이동도서관』은 지난 계절 뜨겁게 읽은 책이다. 보이저 1호가 태양계를 벗어나며 남긴 한 장의 지구 사진. 콩알만큼 작은 푸른 점. 그 점 안의 우리들. 어떻게 살지? 『심야 이동도서관』의 주인공은 자신의 꿈을 위해 아름답고 슬픈 선택을 한다. 이승을 벗어난 시공 어딘가에 한 인간이 찾은 꿈의 공간이 있다는 사실 때문에 작가의 선택을 미워할 수가 없었다. 변한 세상의 꿈. 다산과 이 책들을 얘기하고 싶었다. 자리에서 일어날 때 스님이 자하차 한 통을 건넨다. 떨어지면 언제든 말해. 아아 따뜻하고 또 따뜻한 결명의 인연이여.

해 지는 구강포 물길을 따라 가우도의 출렁다리에 올랐다. 다리는 두 줄이다. 대구면에서 가우도까지 한 줄, 가우도에서 도암면 쪽으로 한 줄. 두 줄을 다 이으면 1.1킬로미터가 넘는다. 반짝이는 바닷가 마을의 불빛들. 슬프고 아름답고 눈물겨운 삶의 이야기들. 구강포 밤바다를 건너는 동안 잠시 이승의 일도 꿈이 된다.

이 시를 몰라요, 너를 몰라요, 좋아요

전등사에서 미법도로 가다

밤의 전등사에 왔습니다.

묵은 숲길 사이 연등들이 고요한 빛을 뿌립니다. 바람이 달고 숲 냄새 속에 스민 이팝나무꽃 향기 고요합니다. 쑥국 쑥국 소쩍새 울음소리가 들리고 쯧쯧쯔 쯧쯧쯔 머슴새 울음소리도 들립니다. 나라 안에서 가장 묵은 사찰이라는 것은 알고 있지만 밤의 전등사 숲길 분위기가 이렇게 고즈넉할 줄은 몰랐지요. 밤의 전등사에 들를 계획은 없었습니다. 서해안 고속도로를 타고 오는 동안 미세먼지들이 천지를 덮었지요. 징검다리 연휴가 열흘가량 이어지는 탓으로 고속도로는 주차장입니다. 창을 열 수 없고 휴게소에 들를 수도 없군요. 휴게소에 진입하려는 차량들이 고속도로까지 이어져있었지요. 강화도에 언제 이를지 알 수 없었습니다. 시간이 해결해주는군요. 밤 9시 드디어 전등사에 이르렀지요. 원래는 오후 2시 예정이었습니다. 숲의 고요를 적시는 연등의 불빛이 신비하고 맑습니다.

삼랑성(三郎城)이라는 안내판 앞에 이릅니다.

단군왕검이 자신의 세 아들에게 이곳에 성을 쌓으라 하셨군요. 천제를 올리기 위함이었지요. 신비하게까지 느껴지던 숲의 고요가 어디서 연유되었는지 알 것 같습니다. 4,350년 전 겨레의 시조인 단군이 하늘에 제사를 지내던 곳. 아치형의 삼랑성 문을 통과한 뒤에도 연등들은 고요한 빛을 뿌립니다. 삼랑성의 문이 전등사의 일주문 역할을 한다는 생각이 문득 드는군요. 하늘로 이르는 문 입구에 자리한 사찰. 13세기 초 몽골이 침입했을 때 고려 왕실은 이곳으로 왕궁을 옮겼지요. 대장경판을 새기고 온전한 나라로 다시 일어설 꿈을 꾸었습니다.

석탄일 지난 대웅전 앞 연등들. 연꽃이 가득 핀 호수를 보는 것 같습니다. 사진을 몇 장 찍습니다. 승려 한 분이 오시는군요. 합장하며 인사를 드렸습니다. (밤인데) 사진이 잘 나오오? 그냥 찍습니다. 스님과 인사를 나눌 수 있어서 좋았습니다. 늦은 밤 경내를 혼자 어슬렁거리는 내 모습을 보고 부러 스님이 나온 것이겠지요. 20여 년 전 처음 전등사에 들렀을 적 생각이 났습니다. 대웅전 앞에서 젊은 스님 한 분을 만났습니다. 합장을 하고 인사 삼아 질문을 드렸습니다. 스님 누가 누구에게 등(燈)을 전(傳)하였는지요? 아, 잘 몰라요. 스님이 환하게 웃으며 말하는데 이상하게 마음이 좋았습니다. 시인 진은영은 이런 시를 쓴 적이 있지요.

> 이 낡은 의자에서…… 언제쯤 일어나게 될는지
> 몰라요 나의 둘레를 돌며 어슬렁거리는 녹색 버터의 호랑이들
> 대체 뭘 바라는 거죠? 몰라요
> 이 시를 몰라요 너를 몰라요 좋아요
>
> —진은영, 「인식론」 부분

공부하는 이에게 제일 새롭고 신비한 일은 '모르는 일' 아니겠는지요. 그 모르는 일을 향하여 한 걸음 한 걸음 인식의 싸움을

벌여나가는 일 아니겠는지요.

이른 아침 다시 전등사를 찾습니다.

아침 숲은 새소리로 싱싱합니다. 전등사는 고구려 소수림왕 11년(381년) 진나라에서 건너온 아도 화상이 세웠다고 알려져있습니다. 고려 충렬왕 8년(1282년), 왕비인 정화궁주가 옥등과 경전을 시주한 것을 계기로 전등사라는 이름으로 불리게 되었다는군요. 산문 안의 나무들과 작은 빗방울들 사이를 촉촉하게 걷습니다. 어제 밤의 고요도 오늘의 촉촉함도 다 좋군요. 모두 기나긴 세월이 건네주는 아늑한 여유 아니겠는지요.

아, 잘 몰라요 하고 말했던 옛 스님 생각나는군요. 스님이 내게 물었습니다. 전등사에 신비한 이야기가 있는데 아오? 아, 모르는데요. 나도 웃으며 답했지요. 여기 보오. 스님은 대웅전의 기둥이 처마와 만나는 곳을 가리켰습니다. 뭐처럼 보이오? 오오 그곳에 추녀를 두 손으로 받치고 있는 사람 형상이 보이는군요. 전등사 공사를 할 때 목수가 있었소. 이 목수가 사하촌 주막 아낙과 눈이 맞았다오. 함께 살자며 번 돈을 다 가져다주었는데 어느 날 주막이 빈 것을 알았소. 도망간 것이라오. 낙담한 목수는 대웅전 네 기둥의 맨 끝에 벌거벗은 아낙을 새기고 평생 무거운 지붕을 받치고 있게끔 하였다오. 대웅전을 한 바퀴 돌며 기둥 끝을 보았습니다. 세 군데에 나부의 모습이 남아있군요. 천 년 가까운 세월을 벗은 몸으로 고통을 참고 있을 아낙의 모습이 안쓰러웠습니다. 가만히 생각하니 우리나라 최고의 사찰을 온몸으로 버티고 있으니 부끄러움 외에 자부심도 있지 않겠는지요. 산비둘기 울음소리가 구구구 들립니다.

18번 국도를 따라 달리다 함허동천이라는 이정표를 봅니다. 함허동천(涵虛洞天). 가슴이 뛰는군요. 내가 함허라는 이름을 처음 만난 곳은 섬진강변의 작은 강마을이었습니다. 곡성군 입면 제월리. 강변 언덕마루에 오래 묵은 정자가 있었습니다. 그 정자의 이름이 함허정이었지요. 함허, '허무에 푹 젖는다'는 의미가 가슴에 닿아왔지요. 누군들 허무에 푹 젖는 삶의 순간이 없겠는지요. 불혹. 전업작가 생활에 시달리고 쫓기던 그 시절 내 마음을 그대로 옮긴 말이 함허 같았습니다.

함허정 바로 아래 군지촌정사라는 옛집이 있었지요. 국가지정 문화재였습니다. 주인 할머니에게 물었습니다. 나 이곳에 살 수 있겠는지요? 할머니가 사랑채를 내주었고 그곳에서 3년을 아궁이에 불을 때며 살았습니다. 진달래가 피고 아카시아 꽃향기가 바람에 날릴 적 함허정에 올라 강물에 비친 산들을 보고 있으면 마음 안이 한없이 평온해졌습니다. 입면 닷새장에 나갔다가 군지촌정사로 돌아올 때 초저녁 강물에 비친 내 방의 불빛을 보는 것은 그 어떤 지상의 시보다 아름다웠지요. 사랑채엔 방이 두 개였고 그중 한 방엔 백색의 형광등, 남은 한 방엔 노란 알전구 불을 밝혔습니다. 그 두 개의 불빛이 강물에 떠 흐르는 것을 보며 함허의 시절을 견뎠습니다. 함허는 조선 전기의 승려 기화(己和)의 당호입니다. 바다가 보이는 강화도의 마이산 자락에서 함허선사의 수도처를 만나리라는 생각은 하지 못했지요. 계곡을 따라 오르다 너럭바위에 적힌 함허동천 네 글자를 봅니다. 기화가 직접 새겼다는군요. 마음의 평온을 얻고자 그는 또 얼마나 깊은 생의 수렁을 헤매었을지요.

'선두 경관마을'이라 적힌 이정표를 따라 달립니다.

새로 개발된 관광지풍의 마을이 자리하고 있군요. 서해의 쓸쓸한 개펄 풍경과 새로 조성된 현대식 마을 풍경이 서로 어울리는 느낌 있습니다. 선두 5리 어판장이라는 문구에 눈이 꽂힙니다. 보광호 삼복호 수덕호 은하호 순정호……. 자신의 배 이름을 딴 해물가게들이 선창에 늘어서있습니다. 배들의 이름에는 자신이 꿈꾸는 세계에 대한 소박한 열망들이 담겨있기 마련입니다. 여길 찾아온 사람들에게 자신들이 직접 잡은 해물들을 판매하기도 하고 생선회나 매운탕을 끓여주는군요.

선두 선창에서 바라보는 서해의 개펄, 장관입니다. 수평선이 닿는 곳까지 물이 빠져있군요. 내가 사는 순천의 와온마을 개펄은 아기자기한 석양 풍경으로 이름이 났습니다. 섬마을들이 눈앞에 펼쳐지고 갈대밭과 철새들의 비행도 이어집니다. 저물녘엔 맞은편 만에 자리한 바닷가 마을들이 켜는 불빛들이 아늑하고 화사하지요. 그중 여자도의 불빛이 보석이지요. 소여자도(이곳 사람들은 송여자도라 부르지요. 큰 소나무들이 언덕마루에 늘어서있는 마을 이름은 마파입니다)와 대여자도 두 섬 사이를 잇는 구부정한 다리의 불빛들이 은하수처럼 깜박깜박 보이기도 하지요. 선두마을 개펄에는 섬이 없습니다. 개펄 자체로 망망대해를 이루지요. 나라 안 습지 중 10.45퍼센트의 면적을 차지하는 이곳의 개펄은 2010년 세계유산 잠정목록으로 지정되었지요. 와온과 선두의 개펄과 저녁노을을 보았다면 당신의 마음 안에 지상에서 가장 아름다운 개펄과 노을에 대한 미의식이 새겨진 것으로 보아도 좋을 것입니다.

선두마을의 개펄 오른쪽에 작은 바위섬이 하나 있습니다. 이곳 사람들은 이를 각시바위라고 부릅니다. 이곳에 전설이 있군요. 함허 선사가 함허동천에서 수도하고 있을 때 속세의 부인이

찾아왔습니다. 집으로 돌아가자는 부인의 요구를 함허는 거절했고 고향으로 돌아가던 부인은 배 위에서 뛰어내려 세상을 떠났습니다. 부인이 뛰어내린 그 자리에 바위 하나가 솟구쳐 올랐고 사람들은 이를 각시바위라 부르게 되었지요.

외포항에서 배를 타고 석모도의 석포항에 들어갑니다. 운항 시간 10분. 여행자들과 갈매기들이 새우깡을 매개로 교감을 나누는 것으로 이름난 뱃길은 한 달 뒤면 볼 수 없게 될 것입니다. 강화도와 석모도 사이에 연도교가 올 6월(2017년)에 개통될 예정이기 때문이지요. 갈매기들의 환대를 받으며 석모도에 들어가는 낭만적인 뱃길은 이 5월이 마지막입니다. 개통될 연도교 영향으로 섬은 한창 개발 중입니다. 골프장 콘도 온천장……. 새 개발지의 생명은 기존의 관광지와 어떤 차별성을 갖추는가 하는 것이 되겠지요.

섬의 북서쪽 하리 선착장으로 차의 방향을 잡습니다. 하리에는 하루 두 번 미법도로 들어가는 도선이 있습니다. 오전 8시 30분, 오후 4시 30분. 미법도(彌法島). 처음 섬의 이름을 만났을 때 가슴이 뛰었지요. 미륵의 불법이 존재하는 섬. 미륵불은 석가모니 사후 56억 7천만 년이 지나 현현하는 이상 세계의 부처

님입니다. 인간의 수명이 8만 4천 년에 이르고 지혜와 사랑의 시간이 이승을 낙원으로 변모시킵니다. 어찌 이 시간을 갈망하지 않겠는지요. 그 무슨 연유로 이 섬을 미법도라 부르는지 알고 싶었습니다. 강화도와 석모도를 지나 내가 이 섬을 찾은 연유이지요.

하리 선착장의 겉모습은 미륵의 풍요와는 정반대의 모습입니다. 쓸쓸하고 살벌하기까지 합니다. 해병대의 초소가 있고 검문 절차를 밟아야 도선을 탈 수 있습니다. 이곳이 민통선 최북방이라는 것을 실감합니다. 항해 시간 15분. 미법도 도선장에 닿습니다. 하선하는 사람이 나 한 사람일 거라는 생각은 하지 못했습니다. 서검도행의 이 도선은 미법도에 승객이 있을 경우 경유를 한다는군요. 섬 안의 작은 길을 터벅터벅 걷습니다. 마을이 보이는군요. 인기척이 없는 고요한 마을입니다. 마을의 끝에 작은 절집이 있습니다. 미법사. 대웅전 앞 요사채 문을 두드렸습니다. 한 스님이 문을 열고 나오는군요. 미세먼지가 가라앉지 않은 미법사 앞마당에서 스님과 이야기를 나눕니다.

미법사란 이름 어떤 연유인지요? 이 섬이 미법도이니까. 그가 환하게 웃으며 말했습니다. 미법이란 무엇을 뜻하는지요? 아, 잘 몰라요. 그가 또 웃는군요. 어떻게 이 섬에 들어오게 되었는지요? 은사 스님이 추천해주었지요. 무지한 세속의 궁금증 하나를 그에게 건넸습니다. 혹 심심하지는 않은지요? 그가 또 웃는군요. 바빠요. 예불도 해야 하고 살림살이를 구하러 나가기도 해야 하고 채마밭도 가꾸어야 하고 요즘은 내내 법화경을 읽지요. 요사채 벽에 가스통들이 놓여있습니다. 자전거를 이용해 그가 직접 배에서 나른다는군요. 법화경 중에 가장 기억에 남는 말씀이 있다면? 그가 또 웃는군요. 아, 몰라요. 욕망과 유혹의 이승을 벗어나 엄격한 율법 속에 홀로 머무는 이의 영혼은 기실 얼마나 아름다운지요. 마을 사람 중 신도는 없는가요? 없어요. 그러니 좋은 거지요. 편한 먹물 옷차림에 선선하게 이야기하는 사내의 모습이 보기 좋습니다.

서검도에 들렀다 돌아 나오는 배를 탔습니다. 미법도에서 하룻밤 자고 싶은 꿈을 접었지요. 투표하러 뭍으로 나간다는 보살과 함께 배를 탔습니다. 공부 열심히 하시는 큰스님이지요. 북한에서 쏘아대는 총소리가 밤새 들려요. 임진왜란 때 죽은 이들의 영혼을 위로하기 위해 생긴 절이지요. 보살이 계속 말하는군요. 그에게 묻습니다. 미법도에 오기 전 '인연이 없으면 이곳에 이를 수 없다는 말'을 들었지요. 이게 무슨 뜻인지 혹 아세요? 어디 이곳

뿐이겠는가요? 인연이 없으면 어딘들 이를 수 없겠지요. 보살의 말 진리입니다. 스님에게 같은 질문을 했을 때 스님의 답변은 '아, 몰라요'였지요. 배에서 내리며 보살이 묻는군요. 처사님은 뭐 하는 사람인가요? 혹 글 쓰는 사람은 아닌지요?

논골
등대로 가는길

사랑해야 할 세상이 지구 어딘가에 있다

묵호

한 사내가 광주천변 내 작업실 문을 두드렸다.

문을 연 내게 그는 작업실이 참 예쁘네요, 라고 얘기했다. 목조 3층의 적산가옥. 일제강점기에 일본인들이 살았던 집. 수령 백 년쯤 되는 등나무가 목조 건물 전체를 뒤덮고 있었다. 봄이었고 만개한 등꽃이 보라색의 꽃과 향기로 건물을 감싸고 있었으니 그가 그런 말은 한 것은 인사치레가 아니었다. 낡을 대로 낡은 이 적산가옥은 그 무렵 광주의 젊은 화가들과 글쟁이들의 작업실이자 아지트였다. 임대료가 주변보다 반이나 쌌고 나무 창틀에 낀 유리창을 통해 무등산이 한눈에 들어왔다. 2층과 3층으로 오를 때면 낡은 나무계단에서 삐걱대는 소리가 났는데 이 집에 깃을 튼 젊은 예술가들은 모두 그 소리를 좋아했다.

등꽃이 필 때면 이 집의 식구들과 광주의 젊은 예술가들이 함께 모여 등꽃제를 했다. 김경주 한희원 이준석 공선옥 임철우 황지우 임동확 박인홍 이태호 들이 주요 식구였다. 초등학교 교실보다 조금 작은 크기의 1층 아틀리에 천장에 이리저리 포장용 줄을 치고 그 줄에 치렁치렁 등꽃들을 매달면 방 안이 온통 보라색 물이 들었다. 시와 소설과 그림 이야기를 하며 막걸리를 마시는 동안 우리들 마음 안에 작은 낙원이 찾아왔다.

그가 내게 책 한 권을 내밀었다. 『묵호를 아는가』. 소설가 심상대와 그렇게 첫 대면을 했다. 그가 꺼낸 말이 작업실 식구들에게 감동을 주었다. 우리 시대의 예술가라면 광주에서 한 번은 살아보아야 하지 않겠나. 오로지 좋은 소설을 쓰기 위해 처와 아이를 데리고 생면부지의 땅에 내려온 그를 우리는 진심으로 환영했다.

1991년 4월이었다.

> 묵호는 술과 바람의 도시다. 그곳에서 사람들은 서둘러 독한 술로 몸을 적시고, 방파제 끝에 웅크리고 앉아 눈물 그렁그렁한 눈으로 먼 수평선을 바라보며 토악질을 하고, 그러고는 다른 곳으로 떠나갔다. 부두의 적탄장에서 날아오르는 탄분처럼 휘날려, 어떤 이는 바다로, 어떤 이는 멀고 낯선 고장으로, 그리고 어떤 이는 울렁울렁하고 니글니글한 지구에게 욕설을 퍼부으며 멀리 무덤 속으로 떠나갔다. 가끔은 돌아오는 이도 있었다. (중략) 바다가 그리워지거나, 흠씬 술에 젖고 싶어지거나, 엉엉 울고 싶어지기라도 하면, 사람들은 허둥지둥 이 술과 바람의 도시를 찾아 나서는 것이었다. 그럴 때면 언제나 묵호는, 묵호가 아니라 바다는, 저고리 옷고름을 풀어 헤쳐 둥글고 커다란 젖가슴을 꺼내주었다.
>
> —심상대, 「묵호를 아는가」 중에서

소설 「묵호를 아는가」의 첫 장. 나와 동시대를 살아가는 젊은 소설가가 펼쳐놓은 페시미즘적인 항구도시의 진술이 매력적이었다. 그는 서른한 살, 나는 서른일곱이었다. 쓸쓸하면서도 아름다운 것. 그 나이의 우리에게 쓸쓸함과 아름다움은 최고의 미였으며 자유와 정의 같은 덕목은 그다음이었다. 평화가 우리 곁에 강물처럼 출렁이고 일상의 사랑이 우리를 감싸 안는다고 해도 쓸쓸함이 없다면 어찌 아름다움이라 할 수 있겠는가. 인생에 서른즈음이 없다면 어찌 인생이라 할 수 있을 것인가. 눈앞의 패배와 절망에 대해 안쓰러워하는 누군가를 위해 묵호는 저고리 옷고름을 풀어 헤쳐 둥글고 커다란 젖가슴을 꺼내주었다는 구절이 오래 가슴에 남았다.

순천에서 포항까지 4시간. 포항에서 동해까지 3시간 20분. 신기하게도 두 버스 모두 손님이 세 명뿐이었다. 포항으로 오는 동안 세 편의 시를 썼고 동해로 가는 내내 바다를 보았다. 내가 버스 여행을 선택한 이유가 동해바다 때문이었다. 포항에서 동해로 가는 내내 실컷 봄바다를 볼 수 있어 좋았다. 구계항과 삼사항 강구항을 지나고 소월리와 백석리를 지났다. 구계에는 세 개의 작은 등대가 있고 삼사에는 갈매기들이 많이 모이는 데크 길과 커피가게가 있다. 1년 전 들른 이곳들을 그냥 스쳐 지나가는 아쉬움이 있지만 소월과 백석의 이름을 딴 마을은 승용차로 지나갔으면 쉬 보지 못했을 것이다. 언제부터 이 바닷가 마을들에 소월과 백석의 이름이 붙여졌는지 다음 여행 때 알아볼 것이다.

경상북도와 강원도의 도계 지역에 자라는 금강송의 모습을 볼 수 있는 것도 버스 여행의 즐거움이었다. 붉은 등피를 지닌 건장한 소나무들이 자연스레 바람을 맞는 모습이 보기 좋았다. 버스가 동해 터미널로 들어가는 동안 나는 눈을 부볐다. 민가의 담장 밖으로 두 그루의 동백나무가 고개를 내밀었기 때문이다. 붉은색 꽃이 수북이 피어난 동백나무였다. 내 스무 살 무렵 아열대 식물인 동백꽃의 수림 한계는 고창의 선운사였다.

동해시 터미널에서 차를 빌렸다.

여행자에게 렌터카란 봄바람과 같은 것이다. 바람은 이 골짝 저 골짝 자유롭게 드나들며 꽃과 나무와 사람의 사는 이야길 헤적이며 만나고 렌터카는 지금껏 만나지 못한 쓸쓸하고 따스한 새로운 세상의 풍경들을 여행자에게 선물한다. 풍경의 속. 여행의 출발은 렌터카의 시동을 켜는 순간인지도 모른다. 해가 지려면 1시간쯤의 시간이 남았다. 묵호항으로 내비게이션의 방향을 잡는다. 삼천포가 사천시의 한 동이 되었듯 묵호 또한 동해시의 한 동이 되었다. 왜 그런 선택을 했지? 삼천포와 묵호가 더 아련하고 애틋한 향수가 느껴지는데.

해 질 무렵 묵호항은 조용하다. 갈매기들과 정박한 배들, 물살들에게 짧은 인사를 한다. 사람들이 내게 묻곤 한다. 왜 인도 여행을 하는가? 스무 시간이 넘는 버스 여행, 마흔 시간이 넘는 기차 여행을 하고 처음 만나는 도시에 들어섰을 때 마음속으로 나마스테! 인사를 한다. 당신이 사랑하는 영혼이 있다면 그 영혼을 사랑하는 마음을 내게도 조금 나눠주시길. 난 이 도시에 처음 들른 외로운 이방인이니까. 나 또한 당신이 사랑할 인간 중의 하나이니까. 이렇게 인사를 하는 동안 마음은 한없이 사랑스러워지고 설레게 된다. 내가 사랑할 세상이 이 지구 어딘가에 꼭 있으리라는 추상이 마음 안에 새겨지는 것이다. 논골마을 입구에 차를 세웠다. 논골은 묵호의 달동네 마을이다 심상대는 소설 속의 묵호를 이렇게 얘기했다.

예전의 묵호는 전국에서 몰려든 사람들로 흥청거렸다. 산꼭대기까지 다닥다닥 판잣집이 지어졌고, 아랫도리를 드러낸 아이들은 오징어 다리를 물고 뛰어다녔다. 그리고 붉은 언덕은 오징어 손수레가 흘린 바닷물로 언제나 질퍽했다. 그때가 참다운 묵호였다.

가까운 바다에서도 풍성한 어획고를 올렸고, 밤이면 오징어배의 불빛으로 묵호의 바다는 유월의 꽃밭처럼 현란했다. 아낙네들은 오만 가지 사투리로 욕설을 해대며 오징어 가랑이에 겨

릅대를 끼웠고, 아이들은 수없이 끊어지는 백열전구를 사러 산등성이를 오르내렸다.

—심상대, 「묵호를 아는가」 중에서

포장이 안 된 황토 언덕길은 붉은 속살을 드러우고 있었고 오징어 손수레가 흘린 바닷물로 언덕길은 오뉴월 논길처럼 철벅였다. 산으로 오르는 달동네에 논골이라는 이름이 붙은 연유다. 서방이나 마누라가 없어도 살지만 장화 없이는 살 수 없다는 말을 논골 사람들은 입에 붙이고 살았다. 달동네 마을의 가장 아름다운 풍경은 해 질 무렵 이루어진다. 해가 지고 일을 마친 식구들이 하나둘 모여 저녁을 먹을 시간. 추녀가 서로 맞닿은 골목길은 밥 짓는 식구들의 목소리로 두런거리고 집들의 알전구 불빛은 깜박인다. 된장찌개나 오징어조림에 밥을 먹는 사람들의 딸그락거리는 수저 소리가 들리고 하루 일을 되새기는 사람들의 말소리가 이어질 때 고단한 이승의 한순간을 여행하는 여행자는 그 골목 안길에서 한없이 평화로운 마음의 길을 얻는 것이다. 해가 바다 속의 숙소로 사라진 뒤에도 나는 논골 길을 오르내렸다.

남촌이라는 언덕 아래 민박집에서 하룻밤을 잤다. 혼자 눕기에 꼭 맞는 좁고 추운 방. 침구는 여름용이었다. 난방을 했으나 밤새 추웠고 짧은 오한이 지나간 뒤 벗었던 옷을 입고 잠자리에 들었다. 그럴듯하지 않은가. 붉은 길에서 힘들게 살아온 사람들의 이야기를 생각한다면 하루 저녁 남촌에서의 추운 밤은 여행자에게 감로와 같은 것인지도 모른다.

아침 햇살 속에서 논골 길 답사를 했다.

1길과 2길, 3길과 4길, 등대로 가는 등대오름길. 두 차례 오르내림을 반복하는 동안 1, 2, 3길은 골목 안 교차로가 있으나 4길은 독립되어있다는 것을 알았다. 아침 달동네 길이 저녁 달동네 길과 다른 점은 담장 밖으로 사람들의 목소리가 들리지 않는다는 점이다. 아침 햇살이 사람들의 목소리를 잡아먹는지도 모르고 하루 일을 시작하는 시간 사람들의 마음가짐이 경건해지기 때문인지도 모른다. 알전구 불빛이 없고 된장찌개 내음과 사람들의 목소리가 들리지 않는 달동네 길은 쓸쓸하다.

논골 길에는 이곳 사람들의 지난한 삶의 모습들이 펼쳐진 벽화들이 자리하고 있다. 뱃사람들의 어로작업, 생선 배 따는 할머니, 영화관, 술집, 다방, 베 짜는 사람, 슈퍼 등의 일상생활이 여행자의 발길을 붙든다. 동피랑과 쫑포의 벽화마을 벽화는 쇠락한 마을을 예쁘게 보이기 위한 장식용 벽화인 데 비하여 이 마을의 벽화는 현실적이며 설득력이 있다. 삶은 무엇인지 물어오는 느낌, 힘든 시절 자화상을 보는 느낌이 있는 것이다.

등대오름길 초입의 재래식 화장실 앞에서 걸음을 멈췄다. 한 소년이 똥을 누고 있는 조각상이 있었다. 누추하다 느껴온 일상의 허름함이 이 조각상 앞에서 문득 무너지는 느낌을 받았다. 자신이 지닌 가장 허름한 시간을 안쓰러워하고 사랑할 수 있을 때 생의 아름다움은 찾아오지 않겠는가? 열린 화장실 문으로 소년은 묵호바다의 푸른빛을 보고 싱그러운 파도의 냄새를 맡을 수도 있을 것이다. 가위를 들고 가던 한 할머니가 내게 물었다. 어디서 오셨소? 전라도 순천. 그곳도 좋다는데 왜 이곳까지 왔소? 둘 다 좋은데요. 뭐 하러 가세요? 그물을 따러 간다고 했다. 선창에 쌓인 그물을 손질하는 것이다. 잘 따면 하루에 열 개 보통 일곱 개를 딴다고 했다. 그물 하나 따는 데 6천 원. 두 명의 할머니가 플라스틱 바구니를 들고 걸어온다. 어디 가세요? 인사 겸 물었더니 목욕탕에 간다며 깔깔 웃으신다. 바다로 내려가는 길에 출렁다리가 있었다. 이곳에도 동백꽃들이 환하다. 세월은 동백꽃들이 사는 거처를 선운사에서 바람 센 동해바다까지 밀어 올렸다.

민간자율구조선

묵호항 곁의 활어 어시장을 찾았다.

어시장의 싱싱한 펄떡거림은 논골의 벽화들과 또 다른 삶의 모습으로 다가온다. 상인들과 주말 여행자들로 어시장 안길은 북적거린다. 바닷물을 담은 리어카에 활어들을 싣고 큰 소리로 시장 안길을 달리는 인부들. 이들의 리어카에는 LPG 가스통 크기의 산소통이 매달려있다. 배달하는 동안 활어의 선도가 떨어지지 않게 하기 위한 조치이다. 산소통에 연결된 호스에서 수포들이 솟아올랐고 물고기들의 푸른 등이 보였다. 「묵호를 아는가」의 주인공 생각이 난다. 상실의 시대를 살고 있는 그는 이곳 바닷가의 여관에서 친구의 아내가 된 첫사랑 여인을 만나고 돌아와 밤새 동해 별신굿을 본다. 정처가 없는 삶. 회복 또한 이와 같지 않겠는가. 서른 즈음 쓸쓸한 소설가의 목소리가 들려오는 것 같다.

어달 해변과 망상 해변 길을 달렸다.

어달이라는 이름, 사랑스럽다. 물고기가 도착하는 곳. 물고기가 모이니 고깃배가 모이고 사람이 모인다. 물고기 덕에 밥을 먹고 사랑을 하고 새로운 아이를 낳는다. 어촌마을의 성쇠는 물고기에 달려있다. 어달항에는 잘 부푼 식빵 모양의 비닐 차양이 2백미터 이상 이어져있다. 볕을 가릴 수도 있고 비를 피할 수도 있을 것이다. 규모에서 전성기의 포스가 느껴진다. 그물을 손질하는 부부에게 물었다. 고기가 잘 잡히나요? 사내가 답했다. 농사짓는 것과 똑같아요. 자신이 부지런하면 한 마리라도 더 잡을 수 있지요. 바다 속에 물길이 있는데 부지런한 사람은 그 물길의 변화를 30분이라도 먼저 알 수 있고 게으른 사람은 그걸 알 수 없어요. 그 사람들이 고기가 없다고 탓하지요.

망상 해변으로 가는 동안 망상이란 이름의 의미가 궁금해졌다. 헛된 꿈[妄想]이라면 충격일 것이다. 이정표에서 망상(望祥)을 보는 순간 안도의 한숨을 쉬었다. 삶은 여전히 꿈꾸는 자의 것이며 쓸쓸함 속에서 아름다움을 기약하는 이의 것이 아니겠는가. 동해의 파도소리가 손에 잡힐 듯 들려왔다.

보고 싶고 만지고 싶은 그리운 사람들의 추억

팽목에서

행복을 재는 척도는 사람마다 다르다.

돈과 명예를 우선으로 삼는 이도 있고 건강을 기준으로 삼는 이가 있으며, 순탄한 운명이나 가난을 척도로 삼는 이를 본 적도 있다. 스무 살 적의 내게 행복의 이름은 시였다. 방금 쓴 시가 마음 안에 촉촉이 다가오면 행복했다. 이틀이나 사흘쯤 아무것도 먹지 못해도 시가 찾아오면 마음이 꽃밭이었다. 시는 내게 밥이며 꿈이며 절대의 고독을 넘어선 방랑자의 낡은 신발소리였다. 적어도 진도에서 조공례 할머니를 만나기 전까지는.

내가 조공례 할머니(曺功禮, 1925~1997년, 중요무형문화재 제51호 남도들노래 예능보유자)를 처음 만난 때는 1989년의 겨울날이었다. 진도군 지산면 인지리의 허름한 슬레이트 집 안방에서 처음 할머니의 소리를 들을 수 있었다. 운명의 순간은 도적처럼 아무도 모르는 시각에 찾아온다. 처음 찾은 객에게 끊임없이 남도들노래를 들려준 할머니의 마음을 지금도 알 수 없다. 자신의 소리를 듣고자 하는 소리 고객의 선택에 있어서 할머니는 꼬장꼬장했다. 돈이나 권세의 냄새를 피우는 이 앞에서는 소리를 하지 않았다.

이날 할머니의 공연은 시간이 멈춘 느낌으로 내게 다가왔다. 한없이 선하고 봄바람 같은 할머니의 소리가락을 따라가다 보면 꽃 핀 들판이 나타났고 눈보라 날리는 지평에 이르렀다. 그 들판 어디에선가 살아있는 사람들의 숨소리가 끊임없이 들렸는데 이 감정은 지난 시절 내가 몰입했던 클래식 음악에서는 느낄 수 없는 것이었다. 나물 캐고 빨래하고 등목을 치고 거름을 뿌리고 물꼬를 보고 추수하고 바느질하고 그리운 이를 땅에 묻고 살아온 시간을 추념하는 사람들의 몸 냄새가 소리가락에서 스미어 나왔다. 잠시 내가 이승의 어느 곳에 머물고 있는지를 잊었으며 이름과 시와 지난한 시대의 아픔을 잊었다.

할머니와 처음 만난 후 틈만 있으면 진도를 찾았다. 그런 나를 할머니는 반갑게 문을 열어 맞아주셨는데 이는 내 영혼이 이승의 시공에서 누군가로부터 가장 환대를 받았던 기억이다. 봄에 할머니를 찾으면 할머니는 봄노래를 불러주었고 가을에 찾으면 가을 소리를 불러주었는데 서정과 서사가 함께 어우러진 그 가락의 끝을 알 수 없었다. 한 사람이 세상을 떠나는 것이 얼마나 아깝고 안타까운 일인지를 할머니의 소리를 통해 처음 느꼈다. 소리의 틈새에 할머니가 해준 이야기들이 가슴을 서늘하게 만들었는데 그중 한 이야기는 그대로 시가 되었다.

진도 지산면 인지리 사는 조공례 할머니는
소리에 미쳐 젊은 날 남편 수발 서운케 했더니만
어느날은 영영 소리를 못하게 하겠노라
큰 돌멩이 두 개로 윗입술을 남편 손수 짓찧어놓았는디
그날 흘린 피가 꼭 매화꽃잎처럼 송이송이 서럽고 고왔는디

정이월 어느날 눈 속에 핀 조선 매화 한 그루
할머니 곁으로 살살 걸어와 입술의 굳은 딱지를 떼어주며
조선 매화 향기처럼 아름다운 조선 소리 한번 해보시오 했다더라
장롱 속에 숨겨둔 두 개의 돌멩이를 찾아와
이 돌 속에 스민 조선의 핏방울을 꼭 터뜨리시오 했다더라.

—「조공례 할머니의 찢긴 윗입술」 전문

바깥양반은 할머니가 소리하는 것을 좋아하지 않았다. 소리 때문에 문밖 출입하는 것을 꺼린 탓이다. 어느 날 그는 평생 소리를 못하게 하겠노라며 돌멩이 두 개로 할머니의 입술을 짓찧어놓았고 할머니의 입술에는 두툼하게 부푼 그날의 상처가 평생 남아있게 되었다. 그런 할머니의 입술이 내겐 봄날 인지리 뒷산의 매화꽃보다 아름답게 보였다.

기록들은 할머니의 스승이 부친인 소리꾼 조정옥이라 적고 있으나 할머니는 내게 자신의 스승이 같은 마을 양홍단 할머니라고 말해준 적이 있다. 자기 소리는 양홍단 할머니에 비하면 아무것도 아니며 양 할머니가 소리를 하면 인지리 뒷산의 소나무들도 다 귀를 열고 들었노라 얘기했다. 양 할머니는 육자배기와 진

강강술래를 빼어나게 불렀다. 양 할머니가 이불에 불을 붙이고 춤을 추며 스스로 세상을 떠났노라 얘기할 때 할머니의 목소리에는 스승에 대한 경외와 그리움이 함께 섞여있었다.

나는 할머니의 옛집을 찾았다. 집은 비어있고 대문은 줄로 묶여있다. 1997년 할머니가 돌아가셨을 때 할머니의 무덤을 찾은 나는 왜 이렇게 빨리 가셨어요?라고 물었지만 사실은 두세 해 전부터 어느 날 문득 할머니가 돌아가시면 어떡하지? 하는 생각이 내게 있었다. 1989년부터 1997년 봄날. 진도에서의 시간들. 나는 이 시공을 제2의 고향이라 여겼으며 이 시절 나는 행복했다. 누군가 내게 행복의 척도를 물으면 당신에게 제2의 고향이 있는가, 라고 되물을 것이다.

인지리에서 18번 국도를 따라 서망 쪽으로 15킬로미터. 남도석성에 이른다. 내가 진도를 제2의 고향이라 부른 데는 이 석성 마을의 추억도 함께 포함된다. 조공례 할머니를 찾을 때 나는 꼬박꼬박 이 마을에 들렀는데 마을은 내게 한국인의 삶의 정서는 어떠한 것인가 하는 분명한 인식을 주었다. 고려 삼별초의 난 때 처음 지어지고 조선시대 왜구의 침탈에 맞서 증축된 성은 우리 국토 서남단 맨 끝에 지어진 방어진성이다.

1990년 초 마을 안에는 30여 호의 민가가 들어서있었는데 돌담을 두른 마을의 집들 한 채 한 채가 내게 보석처럼 다가왔다. 돌담 아래로 작은 물길이 있어 봉숭아와 맨드라미 백일홍 과꽃 채송화 분꽃 들이 피었으며 돌담 위 호박들이 햇빛을 받아 익어가는 모습이 따뜻했다. 마을에서 제일 행복한 일은 마을 노인들이 직접 부르는 진도 소리였다. 아무런 꾸밈이 없고 수수한 이들의 소리는 누군가를 의식하지 않았으며 수수한 삶 자체였다. 소리 한번 하오, 라고 말하면 "어허 고것이 별거라고" 말하며 쏟아지는 소리가 장독대 곁에 피어난 꽃들 같았고 작은 물길에 떠있는 하얀 구름 같기도 했다. 마을 사람들 곁에서 한나절 머물다 보면 문득 내가 쓴 시들이 얼마나 가식적이고 기교적인가 하는 생각이 들었다.

무꽃들이 바람에 나부끼면
북채 잡은 손끝에서 절로 흰 나비 난다
가시내야 속썩는다고 봉초 말지 말아라
앞산 숲그늘 뻐꾹새 울음 피 쏟던 바로 그 자리
산벚꽃나무 한 그루 속불 지폈으니
호미 들고 오늘은 묵정밭을 갈아라 갈다가 갈다가 이마며
등허리에 주루룩 서러운 살이 돋거들랑

고개 들어 앞산 산벚꽃나무 불꿈 하나 보아라.

—「홍타령」 전문

그리움이 없다면 삶의 시간들은 얼마나 쓸쓸한 것이 될 것인가. 석성마을을 시도 때도 없이 드나든 탓에 나는 마을 어르신들과 친구가 되었고 그들의 속 이야기를 엿어듣는 때가 적지 않았다. 이 시는 '남동리 김생임 할아버지가 안성단 할머니에게'라는 부제가 붙어있는데 기실 김 할아버지는 오랫동안 안 할머니를 지켜보는 애틋한 마음이 있었던 것이다. 어느 날 나는 답사 팀과 함께 석성마을에 들를 예정이었는데 답사 팀에게 안 할머니의 소리를 들려주고 싶었던 나는 미리 전화를 드렸다. 몇 명이나 오오? 나는 사실대로 말했는데 할머니는 버스 한 대의 사람들이 좋이 먹을 수 있는 인절미를 만들어 기다리고 계셨다.

김봉길 할아버지의 집은 성안에서도 가장 예쁜 꽃들이 피었다. 어느 날 조공례 할머니가 오늘은 나도 남도석성에 갈까 하오, 라고 말해 기꺼이 차에 모셨는데 가는 길에 내게 "봉길 할아버지는 잘 계시오"라고 묻는 것이었다. 무심함 속에 그리움이 담긴 그날의 목소리가 지금도 생각난다.

내게 다정하게 얘기해주던 나이 든 동무들, 한 사람도 지금 이승에 남아있지 않다. 안타까운 것은 성안의 마을 자체가 다 사라지고 없다는 것이다. 사람은 세월 속에 머물지 못한다 해도 왜 성안의 마을까지 다 치워버렸는지 이유를 알 수 없다. 유럽의 어느 마을이 성안에 자리 잡고 있는데 어느 날 성을 증축하고 보존한다고 그 마을을 통째로 없애버리는 일이 가능할까. 고려시대에도 조선시대에도 사람이 살고 있던 고즈넉한 마을을, 그 역사를 지워버린 이 무지한 보존의 방식에 화가 많이 난다. 나라 안에서 역사와 함께 사람들이 살아온 유일한 성내 마을을 없애버린 안타까움을 어찌할꼬. (용인의 민속촌이나 낙안읍성은 관광용으로 꾸며진 마을이다.)

남도석성에서 시오리 바닷길을 따라가면 서망이 나오고 팽목에 이른다. 봄날 이 길은 남도의 바닷가 길 중에서도 가장 아름다운 풍경의 하나로 내게 남아있다. 푸른 동화 같은 바닷물이 마을 앞까지 이르고 유채꽃이 짙은 노란빛을 수면 위에 드리우며 앞뒷산 소나무 사이 산벚꽃이 만개한다. 안성단 할머니 집의 툇마루에 앉아 할머니의 소리를 들으며 후박나무 사이로 펼쳐진 바다를 보고 있으면 언젠가 꼭 이곳에 와서 살리라 하는 생각이 들었다.

팽목마을은 수백 년 묵은 팽나무들이 마을을 감싸고 있는 그림엽서 속 풍경 같은 마을이다. 신선이 살 것 같은 고요한 이 마을에 아무도 생각하지 못한 변화가 찾아왔다. 마을 곁 도선장이 온통 노란 깃발에 쌓여 펄럭인다. 2014년 4월 16일. 동거차도의 해상 국립공원 앞바다에 세월호가 침몰한다. 476명의 승객이 탑승했고 그중 295명이 사망, 9명이 실종된 상태다. 304명의 사라진 목숨들 속에는 250명의 수학여행 가는 고등학교 2학년 학생들이 포함되었다. 그날 이후 팽목항은 돌아오지 못한 304명의 영혼을 위로하기 위한 거대한 분향소가 되었다.

보고 싶고 만지고 싶습니다.

현수막이 바람에 펄럭인다. 이보다 깊은 그리움과 절망이 있을 것인가. 그날 이후 내게 트라우마가 있다. 제복을 벗고 제일 먼저 탈출에 성공한 선장이 침대 위에 젖은 지폐를 펴 말리는 풍경이 그것이고 7시간 동안 모호한 대통령의 행적이 그것이다. 476명의 병사가 탑승한 군함이 공격을 받아 침몰하는데 선장이 제일 먼저 제복을 벗고 탈출하고 병사 304명이 수장되었다면, 해군 사령관은 일곱 시간 동안 연락이 되지 않고 어디서 무엇을 했는지 알 수 없다면, 이게 군대이고 나라일 것인가. 있을 수 없는 가정을 하는 동안 바다에는 심한 바람이 분다.

시인 나해철은 304명의 영혼을 위로하기 위한 한 권의 시집을 냈다. 304편의 시로 이루어진 시집. 절망 속에서도 인간임을 포기하지 않았던 사람의 이야기 한 편을 옮긴다.

> 단원고 2학년 2반 양온유(17) 양은
> 세월호가 기울고 있을 때
> 간신히 갑판 위로 빠져 나왔다
>
> 때문에
> 이미 갑판 위에 있던 학생들과 함께
> 곧 구조될 수 있었다
>
> 하지만
> 온유 양은
> 친구를 구하겠다며
> 배 안으로 다시 들어갔다
>
> 그리고
> 세월호 침몰 사고가 난 지 사흘째인

4월 19일 숨진 채로

사랑하는 아빠와 엄마의 품으로 돌아왔다

……

양온유 양은

2학년 2반 반장이었다

(양온유 양은 단원고 2학년 2반 지도자였다.

우리의 지도자는 지금 어디에 있는가?)

—나해철, 「양온유 학생」 부분

열렬히 사랑하다 버림받아도 좋았네

목포는 항구다

목포에 왔습니다.

처음 목포에 왔던 날 생각이 나는군요. 밤 열차를 타고 새벽에 목포역에 내렸지요. 낡은 역 앞 거리 풍경이 마음에 들었습니다. 배가 고팠지요. 국밥집에 들어가려는데 한 아이가 팔을 붙들었습니다. 우리 집 국밥이 맛있는데. 그 말의 의미가 무엇인지 정확히 몰랐습니다. 시와 절망 외엔 아무것도 지니지 못했던 시절이었지요. 그의 말을 따를 여유가 내게 없었습니다. 후적후적 국밥을 먹는데 벽에 붙은 라디오에서 노래가 흘러나왔습니다.

> 영산강 안개 속에 기적이 울고
> 삼학도 등대 아래 갈매기 우는
> 그리운 내 고향 목포는 항구다
> 목포는 항구다 똑딱선 운다
>
> —조명암 작사, 이봉룡 작곡, 〈목포는 항구다〉 중에서

〈목포는 항구다〉 1942년 이난영이 부른 노래였습니다. 이 노래, 세상 어디에선가 이미 들은 적이 있었는지도 모릅니다. 그런데 이날 귀가 뚫리는군요. 목포는 항구다, 라는 구절이 특히 그러했습니다. 이게 무슨 의미지? 무슨 조화지? 목포가 항구라는 것을 모르는 사람은 없습니다. 다 아는 사실을 왜 반복해서 부르는지 알 수 없었습니다. 그런데 그냥 좋았습니다. 무엇인가를 좋아하고 사랑하게 될 때 그곳에는 말로 표현할 수 없는 생의 본질이 스미어있는 것 아니겠는지요. 국밥집 문을 나설 때 나를 붙들었던 계집아이는 없었고 눈발들이 하나둘 날리고 있었습니다. 목포는 눈 내리는 항구다, 라고 혼자 중얼거렸지요. 놀랍게도 그 순

간 목포는 항구다, 라는 말의 의미가 스무 살의 나를 찾아왔습니다. 혹 지금 목포를 여행하려는 당신 '목포는 항구다'라는 의미에 대해 한번 생각해보세요. 시인 김선우는 목포가 항구임을 이렇게 노래했습니다.

> 가슴팍에 수십개 바늘을 꽂고도
> 상처가 상처인 줄 모르는 제웅처럼
> 피 한방울 후련하게 흘려보지 못하고
> 휘적휘적 가고 또 오는 목포항
>
> 아무도 사랑하지 못해 아프기보다
> 열렬히 사랑하다 버림받게 되기를
>
> 떠나간 막배가 내 몸속으로 들어온다

—김선우, 「목포항」 부분

아무도 사랑하지 못해 아프기보다 / 열렬히 사랑하다 버림받게 되기를, 이보다 화사하고 뜨거운 삶의 진리가 있겠는지요. 만남과 이별, 슬픔과 기쁨, 사랑과 연민. 이들 모두 우리네 삶을 관통하는 항구의 이름 아니겠는지요. 이 항구들에서 열렬히 사랑하다 버림받게 된다면 진짜 자유인이 되지 않겠는지요. 떠나간 막배가 내 몸속으로 들어올 때 삶은 애틋함이 되고 진실로 사랑할 생의 항구 하나를 지니게 되지 않겠는지요. 이난영의 노래는 나라 잃고 희망 없는 반도 사람들에게 내일을 꿈꾸고 열렬히 사랑할 것을 이야기한 복음 아니었겠는지요.

2017년 4월 9일. 목포에 왔습니다.

목포 신항. 수출용 차량들과 컨테이너들이 가득 쌓여있는 허허벌판의 항구. 국밥집도 여인숙도 없습니다. 국가의 중요시설이니 사진촬영과 드론의 비행이 불가하다는 팻말이 철조망에 붙어있군요. 팻말 곁에 노란색의 리본들이 바람에 펄럭입니다. 노란색의 태풍, 노란색의 눈보라 같군요. 오늘 세월호가 뭍에 올라왔습니다. 펄럭이는 리본의 숫자만큼이나 많은 사람들이 세월호의 모습을 보기 위해 나라 안 곳곳에서 모여들었지요.

전장 145미터 폭 22미터 무게 7천 톤의 배.

304명의 생명을 동거차도 앞바다에 묻었지요.

숨진 이들 중에는 제주도로 수학여행 가던 250명의 고등학생들과 11명의 선생님들이 있었지요. 착하고 아름답기만 한 어린 영혼들의 죽음 앞에서 무엇을 해야 할지 알 수 없습니다. 이들에게 '열렬히 사랑하다 버림받게 되기를'이라는 보편적인 생의 진리는 사치입니다. 무엇인가를 열렬히 사랑하기도 전에, 버림받음이 무엇인지 알기도 전에 세상을 떠나야 했으니 말이지요.

철조망을 붙들고 뭍에 오른 배를 봅니다.

그 많은 사람들 중 아무도 입을 여는 이가 없습니다. 한숨을 쉬는 이도 혀를 차는 이도 없군요. 조용히 철조망을 움켜쥐고 눈시울을 붉힐 뿐입니다. 사람들의 바람은 한 가지입니다. 304명의 공식 사망자 중 9명의 미수습 희생자가 있습니다. 그들이 다 수습될 수 있기를 간절히 기원하는 것입니다.

이 봄 나는 두 차례 더 이곳을 찾았지요. 3월 31일 처음 목포신항에 왔습니다. 반잠수선을 타고 세월호가 도착했을 때 지상 어딘가 이 슬픈 배를 안아줄 항구가 있다는 것에 감사드렸지요. '목포는 세월호가 돌아온 항구다'라고 생각하니 마음이 조금 놓이는 것이었습니다. 비가 억수같이 쏟아지던 4월 5일 빗속에 머무는 세월호의 모습을 보고 싶었습니다. 아이들의 울음소리가 세상을 뒤흔드는 것 같았지요. 사랑할 수도 버림받을 수도 없는 영혼들의 울음소리. 그때 텐트 안에서 사람의 목소리가 들리더군요. 텐트 앞에 서서 이야기를 들었습니다. 딸아이를 잃은 한 어

머니가 인터뷰를 하는 중입니다. 다행히도 딸은 9명의 미수습자 속에 들어있지 않았습니다.

아이를 잃었을 때 세상을 잃었다는 것을 알게 되었지요. 팽목항에서 아이가 돌아오기를 기다리는 동안 인간이 아니었습니다. 정말 비참한 것은 아이 잃은 우리를 매일 누군가가 감시한다는 것이었지요. 그들은 우리의 일거수일투족을 감시했지요. 아이를 잃은 우리를 범죄자 취급하는 것이었지요. 국가가 무엇인지, 국가 권력이 국민에게 이래도 되는 것인지 가슴이 찢어졌지요. 그때부터 마음을 다 닫았어요. 언론과의 인터뷰도 하지 않았지요. 제 역할을 못하는 언론과 인터뷰할 필요가 없었습니다. 내가 지금 인터뷰를 하는 이유는 목포 때문이지요. 목포 사람들 우리 유가족에게 정말 살갑게 대해주었지요. 유가족들이 아무런 불편 없이 지낼 수 있도록 완벽한 준비를 해주었어요. 사람 사는 일 다 그렇지 않겠는지요. 마음을 연 사람들 앞에서 내 마음도 조금씩 열리는 거예요. 사흘 전 한 아주머니가 나를 찾아왔어요. 대구 지하철 사고 생존자라 하더군요. 기적적으로 살아난 뒤에 자신을 범죄자 보듯 감시하는 이들이 있었다고 유가족 분들의 마음을 잘 알고 있다 하더군요. 국가가 별것인가요. 상처 입고 아픈 국민들의 마음을 보듬어주는 것이 국가 아닌가요.

아주머니의 말을 듣고 있는 동안 마음이 더워집니다. 부끄러움 때문이지요. 목포 사람들이 그 부끄러움을 조금 지워주는군요. 방역과 세척 작업이 끝나면 세월호의 내부 수색이 진행될 것입니다. 위태롭고 난해한 수색작업이 되겠지만 이곳이 목포라는 것을 생각하면 어떤 어려움도 극복할 수 있으리라는 생각이 듭니다. 나라 안의 많은 항구도시들 중에서 유독 '목포는 항구다'라고 당당하게 선언할 생의 그 무엇을 이 도시가 지니고 있으니 말이지요. 세월호가 목포에 거치된 것은 이 배가 지닌 마지막 숙명인지 모르겠습니다. 부디 남은 아홉 분의 유해가 따뜻이 수습될 수 있기를.

발걸음을 옛 삼학도 지구로 옮깁니다. 이곳에 김대중 노벨평화상 기념관이 있습니다. 김대중(1924~2009년). 그의 이름을 모르는 한국인은 없습니다. 목포 앞바다 가난한 섬마을에서 소작농의 아들로 태어난 그는 투옥 6년 망명 10년 가택연금 55회라는 지난 세기 지구상에서 최고의 정치적 탄압을 받은 인물 중 한 사람이지요. 1980년 군부정권으로부터 사형선고를 받은 뒤 협조할 경우 생명을 보전하겠다고 회유했을 때 그는 "지금 내가 살기 위해 타협하면 역사와 국민으로부터 영원히 죽게 된다. 그러나 나는 지금 죽어도 역사와 국민 속에 영원히 살 것이다"라고 진술합니다. 죽음 앞에서 한없이 당당한 이 진술은 오늘날 한국인들 마음속에 깊이 간직되어있습니다. 1997년 그는 대통령에 당선되었고 2000년 노벨평화상을 수상하지요. 극한의 절망과 고통을 이겨내고 자신의 꿈을 완성시킨 데 대한 세계인의 존경과 감동의 표시일 것입니다. 열렬히 사랑하고 그 대가로 버림받을 수 있다면 그 사랑은 누군가의 마음 안에 빛으로 남을 것입니다.

기념관 뒤에 아주 아름다운 공원이 있습니다. 이난영 공원입니다. 옛 삼학도 자리에 물길을 뚫고 인공 다리들을 연결시켜 산책을 할 수 있게 만들었지요. 카누를 탈 수도 있습니다. 숭어들이 헤엄치는 모습을 보며 물길을 따라 걷노라면 세상살이의 지난한 아픔들이 절로 지워집니다. 당신이 마음 안에 무거운 짐을 지고 목포에 왔다면 꼭 이난영 공원에 들르기 바랍니다. 1935년 난영은 〈목포의 눈물〉이라는 노래를 발표하며 많은 이들에게 알려집니다. 나라 잃은 설움과 슬픔을 달래주는 난영의 노래는 반도 안 사람들의 가슴을 깊게 휘저어놓았지요. 아코디언 반주에 맞춰 흐느끼는 비음으로 노래한 〈목포의 눈물〉에서 당대의 사람들은 제 나라의 슬픈 운명과 그 역사의 춤을 보았습니다. 19세 어린 절창의 노래 속에서 사람들은 조선의 전통 소리인 판소리 가락의 유구한 한과 사라지지 않는 이야기의 숨결을 느꼈던 것이지요. 문득 이때의 난영과 세월호 학생들의 나이가 불과 한 살 차이밖에 나지 않는다는 생각이 드는군요. 비록 나라는 없었어도 자신이 사랑하는 예술 속에 열렬한 생의 숨결을 불어넣을 수 있었으니 난영의 삶은 결코 버림받은 것이 아닐 것입니다.

걸음을 시내 복판의 평화광장으로 옮깁니다. 장난감 자동차를 모는 아이들, 셀카를 찍는 연인들, 솜사탕을 만들어 파는 상인들, 스낵바 앞에 줄을 선 사람들, 꽃장수들, 방파제에 걸터앉아 이야기하는 사람들, 목포 시민 모두가 이 바닷가에 쏟아져 나온 것 같습니다. 번쩍 빛들이 쏟아지며 음악이 들려옵니다. 춤추는 바다분수. 바다 가운데서 색색의 물줄기들이 음악과 함께 쏟아집니다. 분수 속에 세월호를 상징하는 리본과 '아픔을 함께하겠습니다'라는 문구가 새겨지는군요. 다들 열심히 살고 아름다운 세상을 꿈꾸었지요. 목포는 항구입니다. 열렬히 사랑하다 버림받아도 좋은 곳, 목포에 지금 세월호가 머물고 있습니다.

하슬라, 이제 램프를 켤 시간이오

등명 가는 길

새삼나무 싹이 튼 담 우에
산에서 온 새가 울음 운다.

산에 새는 파랑치마 입고.
산에 새는 빨강모자 쓰고.

눈에 아름 아름 보고 지고.

발 벗고 간 누이 보고 지고.

따순 봄날 이른 아침부터

산에서 온 새가 울음 운다.

—정지용, 「산에서 온 새」 전문

하슬라로 가는 열차 안에서 지용을 읽는다.

살다보면 깨알 같은 기쁨 몇 개가 쌓일 수도 있는 게 인생이지만 내가 만난 깨알 중의 하나가 『정지용 시집』이다. 소화 10년(1935년) 10월 27일 시문학사에서 간행된 이 시집과의 조우를 생각하면 언제나 가슴 설렌다. 1991년의 늦가을. 지리산 피아골을 가기 위해 구례구역에서 내렸을 때 한 노인이 눈에 들어왔다. 노인은 손에 책 두 권을 들고 있었다. 무슨 책이오? 물으니 지용이라오, 라고 답했다. 한 권은 시집이었고 한 권은 산문집이었다. 삶이 한없이 곤궁해졌을 때 혹 쌀이라도 바꿀까 들고 나온 책들. 나 역시 궁핍하기 이를 데 없는 시절이었다. 노인과 함께 구례읍으로 들어와 통장에 남은 잔고를 털어주고 그중 시집 한 권을 얻었으니 바로 지용 시집이다.

하슬라로 가는 열차표를 예매할 적부터 이 시집과의 동행을 생각했다. 하슬라, 당신의 귀에 조련치 않은 이 지명은 강릉의 옛 이름이다. 고구려와 신라에서 강릉을 이렇게 불렀다. 하슬라(何瑟羅). 어찌 당신의 귀에 비파의 가락이 들리지 않을 것이며 비단의 하얀빛이 펄럭이지 않겠는가. 지명의 직역이다. 나는 이 지명이 내가 사는 남쪽 바다 와온(臥溫)과 함께 가장 시적인 지명이라 생각하거니와 와온이 달빛의 내부를 여행하는 고요함이 있다면 하슬라는 꿈틀대는 인간 꿈의 화사함이 있다.

13시 55분 서울역을 출발한 열차는 15시 5분 만종역에 이른다. 만종(萬鍾). 만 개의 종. 원주역이라 부르면 편했을 텐데 경강선 새 역에 이름을 붙인 이의 감각이 예민하다. 평창 올림픽을 위해 만들어진 노선. 열차가 강원도 땅에 들어서는 순간 만 개의 종이 함께 울리며 이 땅에 들어선 이들을 환영한다고 생각하니 마음이 따뜻해진다.

지용으로 돌아가자.

새삼나무는 어떤 나무지? 나는 새삼나무를 모른다. 그런데 어디선가 꼭 만난 것 같다. 새삼나무의 싹을 보며 넌 참 예쁘구나, 라고 어느 길 위에서 말했을 것 같다. 그 새삼나무 위에서 파란

색과 붉은색의 깃털을 지닌 새가 운다. 곱기도 하고 서럽기도 하다. 왜, 고운 것을 보면 위태롭고 서럽지 아니한가. 새의 울음소리 속에 세상 떠난 누이가 들어있다. 햇볕 환한 봄날 산에서 온 새가 그리운 누이의 기별을 들려주는 것이다. 누이의 환생일 수도 있다. 「향수」나 「별똥」 「호수」와 같은 시들을 익히 알고 좋아했지만 「산에서 온 새」는 경강선 열차 안에서 처음 그 따뜻함을 알았다.

15시 20분 열차는 둔내역에 이른다.

둔내(屯內). 언덕 안. 언덕 안에 뭐가 들어있지? 둔동 둔덕 둔촌. 오래전부터 언덕[屯]이 들어간 마을 이름이 신비했다. 어서 와. 이 언덕 안에 네가 꾸는 꿈들이 들어있어. 멀고 가까운 곳에서 나뭇잎들이 손을 흔드는 것 같았다. 언덕이 없다면 산도 꽃도 시내도 없을 것이고 혼자 걷는 여행자도 없을 것이다. 모든 여행이란, 인생이란 언덕을 따라 흘러가는 것인지도 모른다. 15시 30분 열차는 평창에 이른다. 평평함[平]과 창성함[昌]. 이 마을 이름은 두 해[昌]가 떠있는 땅이라는 뜻이다. 그 빛남을 어찌 설명할 것인가. 옛 사람들은 오래전 이곳에 동계 올림픽의 메인 스타디움이 자리할 것이라 생각했는지 모른다. 15시 58분 열차는 하슬라에 이른다.

하슬라 역에서 《전원생활》의 사진기자 수연을 만났다. 한평생 농사일을 한 일소의 형상을 닮은 그의 모습과 이름은 닮지 않았다. 그의 차를 타고 하슬라의 해변을 따라 달렸다. 헌화로. 해변길의 이름이다. 순정공이라는 신라 사람이 하슬라의 태수가 되어 부임하는 길에 그의 부인 수로가 바닷가 절벽 위에 핀 철쭉꽃을 가리켰다. 수로는 동해의 해신도 탐하는 절세의 미인이었다. 아무도 나서는 이가 없었는데 소를 끌고 가던 한 노인이 천 길[丈] 바위를 올라 꽃을 꺾어 수로에게 바치며 노래를 불렀다.

자줏빛 바위 가
잡고 있는 암소를 놓게 하시고
나를 아니 부끄러워하신다면
꽃을 꺾어 바치오리다.

—작자 미상, 「헌화가」 전문

「헌화가」다. 아름다움의 세계에 대한 근원적인 추구. 영하 10도. 바람이 셌고 하늘은 파랗다. 파도들이 해안 절벽 길을 쉴 새 없이 덮었고 도로 난간에 고드름들이 북구의 길처럼 매달려있다.

정동진에 들를 생각은 없었다. 급조한 관광지가 지닌 난개발의 모습이 마음 아프지 않은 곳 없지만 정동진은 그중 심하다. 산언덕을 타고 오른 거대한 배 모습의 건물은 보는 내내 마음 아프다. 백두대간의 숨골이 막히는 느낌이 있다. 그런데도 내가 정동진에 들어간 것은 「헌화가」 때문이다. 국토의 중앙에서 맨 동쪽 끝. 동해의 해신이 산다면 이 일직선 끝 어딘가에 사는 것은 아닐까. 안녕 잘 지내시지요? 어르신! 정동진의 파도 한 줌을 쥐어뿌리며 인사를 했다.

해가 지려면 시간이 좀 남아있어 시간박물관에 들어갔다. 증기기관차 8량을 이어 만든 이 박물관의 시계 컬렉션 중 내 마음을 흔드는 시계가 있으리라는 생각은 하지 못했다. 캔 클락(Can Clock, made with recycled materials). 로저 우드(Roger Wood, 1943년~)라는 캐나다 사람이 만든 시계였다. 폐자원을 활용하여 만든 그의 시계는 독특한 외양을 지니고 있는데 시계의 초침이 새털로 이루어진 공통점을 지니고 있다. 새털을 매단 초침이 시계의 얼굴을 쓸며 지나간다. 가만히 보고 있으면 새털을 매단 초침이 내 얼굴을 쓸며 지나가는 느낌이 든다. 우리 모두 시간의 세례 속에 살고 있다는 상징! 좀 더 부드럽고 따뜻하고 정직하게 자신의 삶을 꾸려가야 하는 시간이 지금 우리 곁에 있다! 시간박물관에는 두 개의 캔 클락이 있다.

등명(燈明)으로 갈 시간이 됐다.

오래전부터 하슬라와 등명의 관계에 대해 생각했다. 비파소리와 비단의 빛을 꿈꾸던 사람들이 이 바닷가에 어떤 등을 켜고 싶었는지 궁금했다. 지용 시집의 말미에 두 편의 산문이 실려있다.

> 나의 걸음을 따르는 그림자를 볼 때 나의 비극을 생각합니다. 가늘고 긴 희랍적 슬픈 모가지에 팔구비를 감어 봅니다. 밤은 지구를 따르는 비극이외다. 이 청징하고 무한한 밤의 모가지는 어드메쯤 되는지 아무도 안아 본 이가 없습니다.
>
> (중략)
>
> 그러므로 밤은 울기 전의 울음의 향수요 움직이기 전의 몸짓의 삼림이요 입술을 열기 전의 말의 풍부한 곳집이외다.
>
> — 정지용, 「밤」 중에서

누군들 밤의 이미지를 두려워하지 않은 이 있을까. 고통과 아픔의 시간들을 경험하지 않은 삶의 주인들이 있을 것인가. 지용은 이를 '지구를 따르는 비극'이라 얘기한다. 당신이 지구에 머무는 한 밤은 오고 어둠과 고통이 함께 찾아오는 것이다. 아무런 벌이도 없고 원고 청탁도 없고 통장의 잔고가 텅 빈 젊은 날. 나는 이 구절이 좋았다. 감사하게도 이 비극은 차별적으로 오는 게 아니라 지구 안의 모든 생명들에게 공정하게 찾아오는 것이었다. 그러니 절망할 필요가 없었다. 지용은 이 비극을 '울기 전의 울음의 향수'를 지니고 있고 '말이 태어나기 전의 심오한 곳간'과 같은 것이라 얘기한다. 비파소리를 향수하고 비단의 빛을 음미하던 이들. 필연적으로 찾아올 어둠 안에 등명이라는 불꽃의 이름을 새기며 생의 부드러움을 유지하려 한 옛 사람들의 지혜와 꿈! 따스하다.

> 하이얀 갓이 연잎처럼 아래로 수그러지고 다칠세라 끼어 세운 등피 하며 가지가지 만듦새가 고풍스럽게 단 램프는 걸려 있는 이보다 앉은 모양이 좋습니다.
>
> 램프는 두 손으로 받쳐 안고 오는 양이 아담합니다. 그대 얼굴을 농담이 아조 강한 회화로 감상할 수 있음이외다.
>
> (중략)
>
> 그 흉측하기가 송충이 같은 석유를 끌어올려 종이빛보다 고운 불이 피는 양이 누에가 푸른 뽕을 먹어 고운 비단을 낳음과 같은 좋은 교훈이외다.
>
> (중략)
>
> 램프를 줄이고 내려다보면 눈자위도 분별키 어려운 검은 손

님이 서 있습니다. "누구를 찾으십니까?"

—정지용, 「램프」 중에서

처음 이 산문을 읽을 적부터 좋았다. 두 손으로 램프를 받쳐 들고 그대 얼굴을 농담이 짙은 회화로 감상할 수 있다는 부분이 특히 그러했다. 어둠 속에서 램프를 받쳐 들고 사랑하는 이의 얼굴을 본 적이 있는가. 환히 웃는 그 모습이 얼마나 아름답고 따스할 것인가? 아프고 쓸쓸하고 허름하기 이를 데 없는 자신의 삶을 두 손으로 받쳐 들고 끝없이 걸어간다면 언젠가 빛이 터지는 들판에 이르지 않겠는가. 램프 속 석유와 같은 흉측한 생의 시간들을 불태워 스스로 이겨낼 수 있다면 고통의 시간들은 생의 훈장이 된다는 것을, 램프의 불빛으로 타오를 수 있다는 것을 조용히 얘기해주는 지용의 목소리가 좋았다.

등명의 밤바다에서 불빛을 보고 싶었다. 수평선 끝에서 반짝이는 불빛 하나. 지나가는 배의 불빛이어도 좋았고 고기잡이배의 집어등 불빛도 좋았다. 불빛을 보면 지용의 시 「산에서 온 새」를 읽어주고 싶었고 「램프」며 「밤」도 읽어주고 싶었다. 지용의 혼을 사랑하는 어떤 불빛 하나가 말을 걸어온다면 '눈자위 어두운 검은 손님'이 누구인가? 죽음인가? 묻고 싶었다.

등명의 밤바다에는 불이 없다. 솔밭 앞에도 수평선 끝에도 불 하나가 없다. 바람이 세고 파도가 높았다. 칠흑의 어둠이 동해바다를 지배했다. 비파소리와 펄럭이는 비단의 빛. 그 속의 작은 등불 하나. 이루지 못한 꿈. 하슬라, 이제 램프를 켤 시간이오. 마음 속에서 주문을 외었으나 불은 끝내 켜지지 않았다.

수연과 함께 도루묵찌개와 수수부꾸미로 저녁을 먹었다. 수연은 좋아하는 목공일과 사진 공방을 함께할 작업실을 준비하고 있다며 이름까지 이미 정해놓았다 한다. 이름을 물으니 '봄날의 나무'라고 말한다. 가방 안에서 지용의 시집을 꺼내어 보여주었다. 「산에서 온 새」를 펼쳐 읽어주었다. 찬찬히 시를 지켜보던 그가 아 이걸로 해야겠네요, 한다. 등명의 밤바다에서 불빛들에게 지용의 시 한 편을 읽어줄 꿈은 이루지 못했지만 함께 온 사진쟁이에게 시를 읽어주고 그의 작업실 이름도 지용의 시로 정해주었으니 이번 하슬라 여행은 그것으로 만족이라 할 것이다.

숙소의 TV에서는 북에서 온 손님들에 관한 뉴스가 한창이다. 연예인도 오고 응원단도 오고 모처럼 남북이 함께 어울리니 그동안의 서먹함도 차츰 지워질 것이다. 김여정은 서울이 처음인가? 묻는 기자의 질문에 처음이라요, 낯설지 않아요, 라고 대답했다. 지구에 어둠이 있다면 인간에겐 마음밭이 있다. 그대로 잠이 들었다 자정 넘어 깨었는데 문득 바다에 불빛이 있었다. 옆방의 수연을 깨워 저거 한 컷 찍어주시오, 급하게 부탁을 했으니 깊은 잠을 깨운 미안함을 여기 적는다.

당신, 오늘 하루도 잘못 살았지요? 힘내세요!

밀금길 지나 삼천포에 들다

해 질 무렵 삼천포에 이르렀습니다.

삼천포라는 이름은 마음을 따뜻하게 하는 힘이 있습니다. 삼천포라는 이름은 삼천리 금수강산 우리나라 땅을 떠올리게 하지요. 내 어릴 적 3·1절 노래엔 '삼천만이 하나요'라는 구절이 있었습니다. 삼천포라는 이름은 흰옷 입은 삼천만의 사람들 생각이 떠오릅니다. 반도 안에 살아가는 우리나라 사람들 모습을 가장 잘 떠오르게 하는 도시의 이름이 삼천포입니다.

실안이라는 이름의 작은 바닷가 마을에 들어섰을 때부터 마음이 뛰었지요. 아세요? 당신, 이 바닷가 길의 이름이 실안노을길이라는 것을. 하루가 아침과 저녁을 지닌다는 것. 살아오면서 내가 경험한 신비입니다. 아침 햇살 속에 하루를 시작할 때 나는 내가 인간임을 느낍니다. 맑고 따뜻하고 신비한 생각들이 아침 햇살과 함께 찾아오지요. 생각의 바다 위에 작은 쪽배를 띄우고 손을 내밀어 내 곁의 모든 시간들과 악수를 합니다. 작은 포구의 선창에 모인 어선들, 오방색의 깃발이 펄럭이는 고깃배들에게 안녕 인사를 하고, 날아오르는 갈매기들에게도 안녕 인사를 합니다. 그물을 보고 돌아오는 벽돌빛으로 그을린 얼굴들에게 안녕, 인사를 합니다. 갈매기 형상의 주름을 지닌 이들이 환하게 웃습니다. 아침 선창에 생선을 구하러 온 식당 아주머니들의 걸음걸이를 지켜보는 것, 첫 버스로 도착한 여행자가 선창 이곳저곳을 두리번거리는 것. 다 기분 좋은 일입니다.

그러나 하루가 어찌 인간의 뜻대로만 되겠는지요?

해 질 무렵 꿈 많던 하루가 엉망으로 지나갔음을 알게 될 때가 있지요. 어쩌다 이렇게 됐지? 생각하고 생각해도 이유를 알 수 없습니다. 어쩌다 이렇게 됐지? 울고 싶을 때도 있지요. 그물들은 찢기고 부표들은 흔적 없이 사라졌습니다. 어군탐지기에 고기떼들 모습이 사라진 지 오래입니다. 조류독감 공포로 사람들의 왕래가 끊기고 선창의 식당들은 문을 닫아야 합니다. 도선장 마을 입구에 '농축산물 차량 일절 진입 금지'라는 현수막이 걸려있습니다. 세월의 흐름 속에서, 어쩌다 이렇게 됐지? 스스로에게 물을 때도 있지요. 이 경우는 심각합니다. 답을 찾기 쉽지 않습니다. 인간은 신이 아닙니다. 어제를 돌이킬 수 없고 내일은 도무지 알 수 없습니다.

이럴 때 인간에게 위로가 되는 유일한 시간이 있습니다. 노을 무렵이지요. 붉고 따스한 노을들이 인간의 등 뒤에서 인간의 등과 마음을 토닥거려주는 것입니다. 잘한 것보다 잘 못한 것이 훨씬 많은 인간의 시간 속에 노을이 없다면 우리는 얼마나 더 쓸쓸해지겠는지요. 실안에 들어와 바닷가 길을 걸으며 해변에 수북이 쌓인 굴껍데기들을 보았습니다. 노을은 굴껍데기 위에도 붉고 따스한 햇살을 던집니다. 굴껍데기에서 굴들이 살았을 적의 냄새가 뭉클뭉클 나는군요.

112 일신호

실안마을 입구 중화요릿집 곁에 서있는 붉은 우체통을 볼 적부터 마음이 좋았지요. 집배원이 하루에 몇 번, 아니 일주일에 몇 차례 들렀는지 모르겠습니다. 어쩌면 최근 몇 달 동안 이 우체통에 편지나 엽서를 넣은 이가 없었을지도 모릅니다. 집배원이 오건 오지 않건 우체통은 종일 그 자리에 서있을 것이고 노을은 하루에 한 번 꼭꼭 그 우체통을 쓰다듬고 지나갈 것입니다.

노을의 시간이 끝나고 마을의 집들이 깜깜해졌을 때 식당 하나를 보았습니다. 송이네 칼국숫집입니다. 조그만 아크릴 간판이 노을빛으로 빛났지요. 식당 안에 손님이 한 명도 보이지 않습니다. 한 사람인데 해물칼국수 되나요? 예. 고마웠습니다. 관광지의 식당 중에는 2인분을 기본으로 파는 곳이 더러 있지요. 왜 손님이 한 명도 없나요? 물으니 배시시 웃으며 원래 이 시간에 손님이 없어요, 라는 답이 돌아오는군요. 식당 방 안의 도배지가 눈에 들어옵니다. 흘려 쓴 붓글씨로 소월과 동주의 시가 새겨져 있습니다.

그립다
말을 할까
하니 그리워

그냥 갈까

그래도

다시 더 한 번

—김소월, 「가는 길」 부분

별을 노래하는 마음으로

모든 죽어가는 것을 사랑해야지

—윤동주, 「서시」 부분

식당 도배지 위에 반복적으로 새겨진 단 한 구절의 시가 소월과 윤동주의 시 세계를 대변할 수 있다는 사실을 처음 알았습니다.

칼국수가 나왔습니다. 와, 눈맛 대단하군요. 면 위에 오징어채와 홍합, 새우가 가득 놓여있습니다. 호박과 당근으로 색감도 맞추었군요. 국물을 한 수저 뜹니다. 정말 시원했습니다. 종일 컵라면 하나를 먹고 비운 속이라 더 맛있었는지 모릅니다. 여행의 시간이 저물 때 맛있는 음식점을 찾아가는 것은 여행자의 도리가 아니라고 생각했었지요. 씁쓸하고 소담한, 소여물 같은 식사가 여행자에게 최고의 식사지요. 종일 힘든 육체노동을 한 이, 보름쯤 먼바다에서 고기를 잡고 돌아온 이, 몇 년 동안 힘든 공부를 마치고 원하는 시험에 합격한 이, 어머니의 생일날……. 이런 날 맛집을 찾아가는 것은 보기 좋은 일입니다. 식사를 마치고 값을 치를 때 손이 부끄러웠습니다. 해물 고명으로 가득 찬 칼국수 한 그릇의 값이 6천 원이었습니다. 한 달 전 해남 땅끝 선창의 해물 칼국숫집에서는 이보다 훨씬 맛없는 칼국수 한 그릇을 만 원 받았지요. 새벽이라는 이름이 좋아서 들어갔는데 나올 적엔 씁쓰름했습니다. 실안 바닷가에 떨어지는 노을빛과 금빛 물살들, 송이네 칼국수로 오늘 인간의 하루는 포근했습니다.

모뎀이라는 커피가게의 창가에 앉아 이 글을 쓰고 있습니다. 여행이 저물고 하루 동안 이야기의 텃밭을 돌이켜보는 시간은 여행자의 가슴을 부풀게 합니다. 삼천포를 찾아가야지 생각했을 때 제일 먼저 든 생각은 '길을 잃고 싶다'는 것이었지요. '어디서 길을 잃었지?' 생각해보고 싶었습니다.

삼천포로 가는 빠른 길을 나는 이미 알고 있습니다. 진주 IC나 사천 IC에서 국도를 따라 남쪽으로 내려오면 삼천포에 닿습니다. 예전에 삼천포 가는 길이 하 멀고 멀 때 아차 잘못해 삼천포로 가는 경우가 없지 않았지만 길이 좋은 이즈음은 그런 걱정이 없어졌습니다. 아세요? 당신, 삼천포가 국도 3호선의 실질적인 출발지라는 것을. 3호선은 남해의 초전이라는 마을에서 시작해 평안북도 초산에 이르는 총연장 1,096킬로미터의 길입니다. 초전은 한적하기 이를 데 없는 바닷가 마을인지라 대처로 치자면 삼천포가 그 시작인 것이지요. 초산에서 출발한 여행자가 삼천 리 가까운 길을 여행하여 삼천포를 찾아오기란 쉬운 일이 아닙니다. 그러니 삼천포에서 한번 길을 잃어도 문제될 것이 하나도 없습니다.

진교 IC에서 고속도로를 빠져나왔지요. 길을 잃기 위해 부러 선택한 것입니다. 초록색 바탕의 이정표에 1002번이라는 길 이름이 선명합니다. 진교 면소를 빠져나오니 1003번으로 바뀌는군요. 한쪽 끝에 청학동, 다른 끝에 서포라는 이름이 선명합니다. 그대로 이정표를 따라갑니다. 세월을 머금은 벚꽃나무들이 바닷가 길을 따라 이어지고 군데군데 대나무숲도 일렁입니다. 황량한 겨울 풍경 속의 푸른 대나무숲의 모습이 보기 좋습니다.

그때서야 오래전 봄날 이 길을 스쳐 지나간 적이 있다는 생각이 떠오릅니다. 알 수 없는 이유로 마음 안이 어둡던 그해 봄길 참 아름다웠지요. 어디서 시작해 어디로 가는지 모르는 길을 따라 걷다가 마음 안의 어둠이 사라졌습니다. 어두운 인간의 마음을 치유해줄 수 있는 가장 좋은 약이 길이라는 것을 그때 알았지요.

나라 안에 아름다운 벚꽃길이 꽤 있지만 나는 청학동에서 시작하여 서포로 이어지는 1003번 길의 벚꽃길을 가장 아름다운 길이라 생각합니다. 무싯날 이 길에서는 마주 오는 차편을 보는 데도 시간이 필요합니다. 창문을 열면 벚꽃 향기와 바다 냄새가 함께 들어오는 길 위에서 나는 다른 생각을 했습니다. 1002번 길, 1003번 길, 이다음 길 당신은 뭐라 생각하세요? 나의 이 질문에 대한 답이 나타났습니다. 길가의 작은 이정표에 길 이름이 적혀있군요. 밀금길. 세상에, 이런 아름다운 이름의 길이 있으리라고는 생각하지 못했습니다. 한자로 이 이름을 옮깁니다.

밀금길[蜜金路] 꿀과 금으로 빚어진 길

밀금길[密金路] 금을 숨긴 비밀의 길

밀금길[密今路] 오늘을 숨긴 비밀의 길

당신은 어떤 이름을 선택하고 싶은지요? 이 길은 정말 꿀과 금이 흐를 것 같은 길입니다. 세상에서 제일 아름다운 금을 숨긴 길이라고 해석해도 손색이 없습니다. 그러나 내게 제일 닿아오는 것은 마지막 해석입니다. 오늘을 숨긴 비밀의 길. 이 길을 다 지나면 오늘을 알 수 있습니다. 인간의 힘으로 제어할 수 있는 유일한 시간이 오늘이지요. 이 길에서는 지나간 과거에 연연하지 않아도 좋을 것이며 알 수 없는 미래 때문에 망설이고 두려워할 필요가 없을 것입니다.

지난여름 완도 생각이 나는군요. 높아진 바다 수온 때문에 미역이나 다시마가 제대로 자라지 못했습니다. 후유증이 있었지요. 양식장의 전복들은 미역이나 다시마를 먹고 삽니다. 먹이를 제대로 먹지 못해 천천히 폐사하는 양식장의 전복들이 안쓰러웠습니다. 이방인인 내가 안쓰러움을 느낄 때 주인은 어떠했겠는지요. 그 모든 것은 인간이 빚은 잘못입니다. 지금이 지닌 최고의 의미는 인간의 행위 안에 깃든 부끄러움의 그물들을 하나씩 벗기는 일이지요. 벗어놓은 탐욕의 그물들을 보며 부끄러움과 깊은 연민을 느낄 수 있다면 내일 아침의 햇살은 우리에게 새로운 선물을 주지 않겠는지요.

작은 곶의 길을 따라가다 굴항이라는 마을을 만납니다. 이름 그대로 굴 양식을 하는 마을입니다. 마을 전체에서 생굴 냄새가 납니다. 경로당 문을 열어보았지만 어른들 모습은 보이지 않는군요. 곶의 끝에서 다맥 어촌체험 마을을 만납니다. 어촌을 경험하지 못한 어린이들에게 조개를 잡고 물고기 잡는 체험을 하게 하는 것입니다. 어린 물고기 및 어린 조개를 잡아서는 안 된다는 안내판이 따스하게 다가오는군요. 지금 자라고 있는 세계의 어린이들이 이 룰만 잘 지켜도 지구의 바다는 좀 더 푸른빛이 되겠지요. 길을 거슬러 나오는데 제비마을이라는 안내판이 나옵니다. 좋은 벗들이 모여 사는 마을이라는 돌에 새긴 문구가 좋았습니다. 길 끝에 바다가 펼쳐지고 서른 채 가까운 펜션들이 모여있군요. 사람들은 모두 각자의 모습으로 오늘을 살아갑니다.

서포는 사천시에 속한다는 것을 처음 알았습니다. 면사무소 앞에서 바다 쪽으로 남행하는 길은 1005번 길입니다. 비토섬 들어가는 길이군요. 1004번 대신 밀금길을 만든 사람들이 빚어놓은 이 길의 끝에 『별주부전』의 전설이 깃들어있는 작은 섬들이 있습니다. 토끼섬 거북섬 목섬 월등도 들이지요. 황당한 꿈을 꾸고 용궁으로 들어갔으나 어리석음을 깨치고 사지를 탈출하는 토끼의 이야기는 충분히 교훈적입니다. 어디서 잘못됐지? 무엇이 잘못된 거지? 사경을 헤매며 토끼는 수없이 되뇄을 것입니다. 밀금길에서 꿈을 만난 뒤 1005번 길에서 경솔한 삶의 시간들을 뉘우칠 수 있다면 그 또한 아름다운 일!

길은 58번 국도와 합류합니다. 전장 2킬로미터쯤의 사천대교를 건너면 곧장 삼천포입니다. 임진왜란 당시 이 바다에서 이순신은 최초로 거북선을 끌고 승전을 했습니다. 삼천포 앞바다가 거북선의 첫 승전지가 되었다는 것, 내게는 범상한 일이 아닙니다. 지난 일을 반성하고 아파하고 새로운 꿈을 꾼 인간의 결실이 아닐는지요. 이순신은 내게 가장 뜨겁고 진지하게 오늘을 산 반도 사람으로 인식됩니다. 모템 커피가게 바로 옆에 대방진 굴항이라는 옛 수군진지의 유적이 있습니다. 4백여 년 전 이곳에 이순신이 머물렀다고 생각하니 마음이 진지해집니다.

밤의 삼천포 바닷가 길을 걷습니다. 삼천포대교의 불빛이 사탕들 같고 화력발전소 굴뚝의 불기둥이 하늘로 올라가는 신비한 사다리 같군요. 어릴 적 『잭과 콩나무』라는 동화를 열심히 읽었지요. 하늘에 이르는 콩나무를 타고 나도 하늘에 오르고 싶었습니다. 삼천포는 내가 왜 이 길로 왔지? 왜 원하지 않는 길로 빠졌지? 생각하게 되는 인간적이며 철학적인 포구입니다. 당신, 오늘 하루도 잘못 살았지요. 힘내세요! 여기는 삼천포입니다. 새 아침 새 길의 시작이지요.

아이들의 시에서 만난 13년 만의 인연

넙도에서

04시 15분. 눈을 뜬다.

침대 바닥에서 바스락거리는 소리가 났다. 침구를 감싼 비닐에서 나는 소리다. 안녕, 덕분에 포근한 잠을 잤어. 침구는 다시 바스락바스락 소리를 냈다. 소리와 나 둘만이 미명의 시간 속에 머무는 것 같다. 천천히 걸어 창 앞에 선다. 선창의 불빛 몇 개가 보이고 이웃 숙소의 네온 불빛도 보인다. 오랫동안 나는 시간이라는 말을 사랑했다. 시간은 내게 두 가지 의미로 다가온다. 시와 여행. 낯선 시간 속에서는 낯선 시를 쓰고 다정한 시간 속에서는 다정한 시를 쓴다. 권태와 궁핍이 찾아올 때면 꼬리를 내리고 길에 몸을 맡긴다. 시와 여행이 있는 한 시간이라는 말은 내게 인생의 의미로 다가온다.

하룻밤을 땅끝마을에서 머물게 된 데는 내력이 있다. 세 해 전 한 젊은 사진작가를 만났다. 그가 얘기했다. 난 이 세상 어딘가에 인어가 있다고 생각해요. 그 인어를 만나기 위해서 세상의 바다 속을 뒤질 거예요. 그는 틈만 있으면 장비를 갖춰 바다 속으로 들어갔다. 나는 이이의 여행 방식이 마음에 들었다. 만날 적마다 아직 인어를 찾지 못했는가? 물으면 씩 웃으며 다음번에는 제주바다를 뒤질 거라 얘기했다. 3년 뒤엔 제주바다에서 아예 해남(海男)으로 살 거라 얘기했는데 인어를 만날 확률이 가장 높기 때문이라 했다. 어느 날 그가 내게 초등학교 2학년 아이가 쓴 시를 보여주었다.

아빠 말씀

난
눈 오는 구름에서
달을 찾을 때가 있어

비 오는 하늘 보며
별을 찾을 때도 있지

아이들은 놀리지만
엄마는 걱정 없다

넌 이다음에
멋진 시인이 될 거야

하셨거든.

이 동시가 나의 마음을 흔들었다. 시 속에 시인이라는 말이 들어있는 게 좋았고 무엇보다 아이의 엄마 아빠가 아이의 장래에 대해 전혀 걱정하지 않는 마음이 좋았다. 그는 일주일에 한 번 완도군의 작은 섬마을 초등학교 아이들에게 사진을 가르치는데 그곳에서 만난 아이가 쓴 동시라고 했다. 나는 이 아이를 만나고 싶었고 아이가 다니는 넙도초등학교를 찾아갈 생각을 했다. 넙도에 들어가는 첫 배를 타기 위해 땅끝에서 하룻밤을 잔 것이다.

배 안에서 넙도초등학교의 유송림 선생님을 만난 것은 행운이었다. 나는 선생님에게 아이가 쓴 동시를 보여주었고 선생님에게 아이를 만나고 싶어 섬에 들어간다는 얘길 했다. 이 아이를 잘 알지요. 글을 예쁘게 써요. 선생님은 내게 이 아이 말고도 또 시를 잘 쓰는 아이가 있고 시인이 꿈인 다른 아이도 있다는 얘길 했다. 선생님의 말을 듣는 동안 나는 몹시 행복했다.

시 외에 아무런 꿈이 없었던 젊은 시절 나의 현실적인 꿈은 섬마을 학교의 국어선생님이었다. 아이들에게 시를 가르치고 시를 쓰며 살고 싶었다. 내가 다닌 국문학과에는 2급 정교사가 되는 커리큘럼이 들어있었다. 4학년을 마치면 교사자격증이 나왔다. 공립학교인 섬마을 학교의 국어선생님이 되는 데는 교원 임용고사에 합격해야 하는 과정이 남아있었는데 그 당시는 국어선생님이 절대적으로 부족해 임용고사를 보면 모두 합격을 하는 시절이었다. 나는 이 임용고사에 합격하지 못했다. 시를 쓰며 지내느라 임용고사 날짜를 기억하지 못해 시험을 치르지 못한 탓이었다. 다른 학우들이 임용고사 합격증을 나눠 받을 때 나는 처음으로 나 자신에게 깊은 짜증을 냈다. 아무리 시 쓰는 것이 중요하다 해도 이 시험은 보아야 할 것 아닌가?

40분의 항해.
배가 넙도에 닿았다.

9시의 1교시 수업 시간이 시작되려면 한 시간 이상의 시간이 남아있었다. 선생님과 한 시간 반 뒤 학교에서 보기로 약속을 했다. 넙도에는 두 개의 마을이 있다. 내리와 방축리. 선창이 자리한 마을이 내리였다. 내리에서 제일 먼저 눈에 띈 것이 우체국이었다. 바다가 보이는 우체국은 상상력을 자극한다. 섬에서 육지로 보내는 엽서. 파도소리와 갈매기 울음소리가 들릴 것 같다. 넙도 우체국은 나라 안의 바다가 보이는 우체국 중에서도 바다와 거리가 제일 가깝다. 2차선 도로 바로 곁에 바다가 있고 길 건너에 우체국이 있다. 젊은 직원이 인사를 한다. 도서지방인지라 오전 8시에 문을 연다고 했다. 전자공학을 전공했으나 일이 뜻대로 되지 않아 공무원 시험을 보고 이곳에 근무하게 되었다 한다. 나는 이이의 직장이 마음에 들었다. 육지의 연인에게 매일 엽서를 써 보낼 수 있을 테니. 그에게 엽서 한 장을 달라고 했다. 놀랍게도 우체국에 엽서는 없었다. 지금은 편지 쓰는 사람이 없어 택배 업무와 금융 업무를 본다고 한다. 엽서가 없는 우체국. 우표가 없는 우체국. 시와 여행이 없는 인생 같은 느낌이 든다.

방축리는 내리에서 2킬로미터쯤 떨어져있다. 처음 눈에 띈 것이 마을의 담장에 그려진 벽화였다. 벽화 속의 두 사람이 환하게 웃고 있었다. 안녕하세요, 웃고 있네요. 나는 그들에게 인사했다. 걸음을 천천히 선창 쪽으로 옮겼다. 선창 끝에 정자가 있었다. 정자에 이르렀을 때 조금 놀랐다. 냉장고 크기의 물품함이 있었는데 함의 문이 열려있었고 그 안에 커피포트와 몇 병의 생수, 봉지 커피 상자가 자리하고 있었다. 누구든 커피를 끓여 마실 수 있게 구비해놓은 것이었다. 나는 봉지 커피를 좋아한다. 여행 중 배낭 속에 봉지 커피만 있으면 웬만한 외로움은 이길 수 있다. 방축리 선창 정자에서의 모닝커피 한 잔. 좋은 시집 한 권을 읽은 것 같다.

학교에서 아이들과 선생님을 만났다. 너를 만나러 왔구나. 「아빠 말씀」을 쓴 '소산이'가 환하게 웃었다. 선생님이 내게 방축리에 들렀는가 물었다. 나는 커피함이 있는 정자와 벽화 이야기를 했는데 벽화의 두 주인공이 산이의 엄마 아빠라는 말을 하신다. 이곳의 젊은 부모들은 대부분 고학력자이며 귀어를 한 이들이라 아이들의 교육에 관심이 많다고 한다. 선생님이 한 학생을 소개했다. 1학년 박서연. 손에 노트를 들고 있다. 아이가 학교에 들어와 쓴 자신만의 동시 일기장이다. 아이의 시 한 편 한 편을 읽는 동안 머릿속이 환해졌다.

보석

반짝반짝
누구게~
아! 보석이지!
맞아 정답이야~
우리~ 바닷가에
반짝이는 돌
주으러 가자
그래~

오리

꽥꽥꽥꽥꽥

누구니? 맞춰봐

아하! 오리지

맞아 오리야

우리 놀지 않을래?

그럼 우리 뭐 하고 놀래?

우리 헤엄치면서 놀자

그래~

첨봉!

눈 오는 날

눈이 내린다

하얀 눈이 내린다

나는 한 발자국 한 발자국 걸어간다

눈 위를 갈 때는 뽀드득뽀드득 소리가 난다

눈사람을 만들고 나니

눈사람이 나를 쳐다본다

친구들을 불러서 눈을 던지니

휘휘 소리가 난다

내일도 오늘처럼 재미있게 놀자

좋은 시가 지니는 최고의 미덕은 대상을 향한 사랑의 감정을 불러일으킨다는 점일 것이다. 서연이의 시에 이 감정이 따스하게 스미어있었다. 바닷가의 흔한 조약돌 하나를 반짝이는 보석으로 여기는 마음. 오리와 함께 첨봉 물에 뛰어들어 헤엄치는 마음. 눈

사람을 만들고 함께 바라보는 마음. 그 풍경들 속에 함께 세상을 살아가는 존재들에 대한 따뜻한 연민이 스미어있다.

또 한 명의 이름이 내게 다가왔다. 박지효. 4학년. 교실 벽에 붙여진 아이들의 사진 밑에 장래 희망이 적혀있다. 지효의 희망은 시인이었다. 왜 시인이 되고 싶어? 아빠가 시를 좋아해요. 예상 못한 답변이었다. 전에 지효 아빠 시를 몇 편 보았는데 따뜻한 감정이 느껴졌다고 유 선생님이 곁에서 말했다. 문득 지효 아빠를 만나고 싶었다. 선생님이 지효 아빠에게 전화를 걸었다. 오후 1시 내리의 선창에서 지효 아빠와 만나기로 약속을 했다.

이날 나는 오래전의 꿈 하나를 이뤘다.

섬마을 학교의 국어선생님. 유 선생님의 도움으로 넙도초등학교 전교생 30명과 유치원생 여덟 명을 한데 모은 교실에서 한 시간 동안 행복한 시 수업을 했다. 만나는 모든 이에게 인사를 하세요. 할머니에게 할아버지에게 선생님에게 하늘의 구름에게 오리에게 눈사람에게 감나무에게 벽시계에게 의자와 버스와 연필과 동화책에게. 유치원생들이 정신없이 인사를 했고 1학년 아이들도 함께 정신이 없었다. 나도 정신이 없었지만 더할 나위 없이 기분이 좋았다. 수업이 끝난 뒤에 식당에서 아이들과 점심을 먹었다. 섬의 어머니들이 직접 만들어주는 점심

맛이 우련 좋았다.

오후 1시. 내리의 선창에서 지효 아버지를 기다렸다. 배 한 척이 물살을 가르며 들어온다. 배를 모는 사내가 손을 흔든다. 나도 손을 흔들었다. 낯이 익은 느낌이 있다. 그가 손을 내밀며 말했다.

우리 보길도에서 만난 적 있지요.

시간이 빚어낸 따뜻한 무늬 하나. 2003년 가을날 문예창작과 3학년 학생들 20여 명이 수학여행을 가게 되었다. 강진의 다산초당을 거쳐 보길도의 윤선도 유적지를 답사하는 과정이었는데 땅끝마을에서 보길도행 막배를 타기로 되어있었다. 땅끝에 도착했을 때 바람이 세게 일었다. 뱃길이 끊겼다. 보길도에서 2박을 할 예정이었고 숙소는 완불을 치른 상태였다. 숙소의 주인이 어딘가로 전화를 했고 배 한 척이 풍랑을 뚫고 땅끝마을에 이르렀다. 우리는 그 배를 타고 무사히 보길도에 이를 수 있었다.

숙소 주인으로부터 뱃사람에 대한 이야기를 들었다. 글을 열심히 쓰고 있으며 1992년 임수경 문학상을 받았다고 했다. 문예

福
福

창작과 학생들이 섬에 온다고 하니 기꺼이 배를 몰고 마중 나온 것이다. 그렇게 박기태 씨를 처음 만났다. 기태 씨는 다음 날 우리 전체를 자신의 전복 양식장으로 초청했다. 바다 가운데의 양식장에서 우리는 전복파티를 했다. 손바닥보다 더 큰 전복들을 기태 씨가 아낌없이 내주었고 저녁의 캠프파이어에서 구워 먹을 전복 한 자루를 또 내어주는 것이었다. '생애에 큰 신세를 졌다'는 이런 경우를 두고 하는 말이었다. 그 기태 씨가 지금 눈앞에 서있는 것이다. 우린 따뜻한 포옹을 했다.

그와 함께 소넙도의 서리 분교를 찾아갔다. 그곳에서 나는 세 명의 아이들과 짧은 수업을 했다.

5학년인 선재가 내게 물었다. 선생님에게 시는 어떤 존재인가요? 나는 조금 당황했다. 선생님의 살 안에 피들이 흘러갈 때 시 시 시 시 소리를 낸단다. 그 소리를 들을 때면 기분이 좋아지지. 다행히도 선재가 고개를 끄덕였다. 선재는 혼자서 배를 몰고 바다에 나갈 줄 안다고 한다.

오후 내내 기태 씨와 바다낚시를 하며 이런저런 이야기를 나눴다. 요즘도 시를 쓰나요? 그는 300칸쯤의 전복 양식을 하며 욕심 없이 살고 있다고 했다. 시세가 좋을 땐 한 칸에 200만 원쯤 수입이 나기도 했는데 요즘은 60만 원이 겨우 나온다고 한다. 죽기 전에 쓰고 싶은 글은 없는가? 보길도에서 지낸 그 시절부터 지금까지 술로 지냈으나 올 3월 술을 끊었다고 했다. 그는 내게 붉은 돔 한 마리를 잡아주고 싶어 했으나 그날 우리가 잡은 물고기는 은빛의 부서 한 마리였다.

나의 외로움이 너를 부를 때

조천에서 마두포로 가다

제주에 눈이 온다. 봄눈이다.

제주에서 눈을 맞는 것은 처음이다. 렌터카를 받아 공항을 나오는 순간 가슴이 설렌다. 하늘에서 지상으로 날리는 하얀 꽃송이들. 오래전부터 나는 눈송이들을 외로운 여행자의 넋으로 여겼다. 바람에 날리며 세상 이곳저곳을 떠도는 눈송이들을 보고 있으면 여행자의 마음 안에 작은 등불이 켜진다. 순백으로 뒤덮인 세상 그 어딘가에 우리가 꿈꾼 아름다운 세상이 숨어있지 않을까 하는 생각이 드는 것이다.

1132번 제주 일주도로로 접어든다. 이 길을 오른쪽으로 15킬로미터쯤 달리면 해안 곳곳에 용암 샘이 솟는 포구마을 조천에 이른다. 지상의 모든 마을들은 자신의 꿈과 이상을 담은 이름을 지닌다. 조천(朝天), 아침 하늘, 아침은 하루의 시작이다. 수평선 너머 떠오르는 해를 볼 수 있고 모든 생명 있는 존재들에게 이승의 핍진한 삶이 다시 시작되는 시간이다.

1984년 처음 제주에 들렀을 때 조천에서 연북정(戀北亭)이라는 이름의 망루를 겸한 정자를 만났다. 제주로 유배를 온 이들이 아침 첫 햇살 속에 이 망루에 올라 주군이 있는 북쪽 한양을 향해 무릎을 꿇고 은사를 기다리는 곳, 처음부터 이 이름에서 애틋한 정서가 느껴졌다. 왕조시대의 유배자들은 탐관오리와 같은 잡배를 제외한다면 정치범이라 할 수 있을 것이다. 연북정에 오르는 순간 그들의 마음이 느껴진다. 언젠가 돌아가리라. 주군에게 충절을 바치고 가족을 만나고 새로운 세상의 꿈을 꾸리라. 내게 연북정은 한 시대의 불온한 지식인이 마지막 꿈을 꾸는 지성소와 같은 느낌으로 다가왔다. 1984년의 한국의 현실이 그러했다.

반도 안의 많은 생령들이 군사정권의 혹독한 탄압을 받아야 했다. 인권 자유 정의. 인류 보편의 가치에 대한 주장이 범죄였으며 민주화의 꿈이 언제 이루어질지 알 수 없었다. 연북정에 오른 나는 북쪽의 하늘을 바라보며 짧은 기도를 올렸다.

사람들의 아픈 마음 안에 오래오래 해가 지지 않기를.
꽃이 피고 지혜와 용기의 바람이 절망의 끝에 이르기를.

32년 전의 상념에 잠기는 동안 눈발들이 날린다. 세월의 힘이란 위대하다. 자유와 정의를 설파한다고 해서 정치범이 되는 시절은 지나갔다. 그렇다 치더라도 이승에서 머무는 동안 존재의 구속으로부터 자유로운 이를 찾기란 쉽지 않을 것이다. 연북정은 그런 구속을 지닌 존재들에게 언제나 기다림의 장소로 남아있다.

차를 돌려 애월읍의 곽지포구로 향한다. 처음 제주를 여행할 때부터 내게 궁금증이 있었다. 이 포구의 첫 음과 나의 성은 같다. 한자로 곽(郭)은 성씨로 쓰이는 경우를 제외한다면 사용 용례가 없기 때문에 곽지라는 포구 이름은 궁금증을 불러일으켰다. 사실 곽지라는 포구에 대해 내가 지닌 선입관이 있었다. 그것은 이 포구의 이름이 곽지(郭知)일 거라는 생각이었다. 도대체 곽씨 성을 지닌 누군가가 무엇을 안다는 것인가? 시, 사랑, 인생, 술, 고통, 절망……. 지상엔 쉬 정의할 수 없는 시간들이 너무 많다.

곽지포구의 모래사장은 한산하다. 바람이 칼처럼 날카롭고 눈발들이 숭숭 날린다. 바다와 모래사장이 만나는 곳에 '과물 노천탕'이라는 표지석이 보인다. 용암으로 작은 성곽처럼 벽을 쌓았는데 왼쪽이 남탕, 오른쪽이 여탕이다. 남탕 안으로 들어가니 바다로 향한 문이 보인다. 한여름 바다를 보며 용천수에 몸을 담그는 로망이 있을 것 같다. 제주에는 강이 없다. 내리는 비가 지하로 스며들었다가 해변 쪽에 샘물로 솟구치는데 이곳이 예부터 가장 좋은 샘물이 솟아나는 자리였다 한다. 가물 때도 샘물이 마를 적 없어서 중산간 마을에서 허벅을 진 아낙들이 물을 길으러 예까지 왔다 한다. 여탕은 바다로 향한 문이 없다. 바다 쪽에서 여탕 안을 들여다볼 염려 탓이다. 좀스럽다. 어차피 수영복을 입은 상태이니 대수로운 일이 아닐 것 같다. 남탕처럼 바다 쪽의 문이 열리면 여성이라는 이유로 시원한 바다를 보지 못하는 일은 없을 것이다.

곽지 해변에는 조선시대의 세계관을 엿볼 수 있는 아름다운 돌비 하나가 서있다. 열녀사비 김천덕지려(烈女寺婢 金天德之閭)

라는 돌비가 그것이다. 돌비의 주인은 김천덕이라는 이름의 할머니다. 백호(白湖) 임제(林悌)는 1577년 과거급제 후 제주 목사로 있던 아버지 임진(林晉)을 만나러 제주에 들어와 4개월을 여행한 뒤 『남명소승(南溟小乘)』이라는 기행문을 남겼다. 여기에 김천덕 전기를 실었다. 노비였던 연근(連斤)의 처 천덕이 곽지리에 살았고 남편이 해난사고로 세상을 떠난 뒤 갖은 유혹을 물리치고 수절하였으며 아버지에게도 지극한 효성을 바친 열부라는 기록이 그것이다. 임제는 천덕의 행실을 조정에 알려 선조 10년(1577년) 이곳 바닷가에 천덕의 정려가 서게 되었다.

내가 이 돌비를 아름답게 생각하는 이유는 당대의 지식인인 백호 임제가 지닌 따뜻한 세계관 때문이다. 천덕(꾸러기)이라는 지극히 범상한 한 노비의 삶을 고상한 인간의 삶으로 받아들인 데 당대의 시인으로서 백호의 마음이 느껴지는 것이다. 당파싸움으로 일관하여 임진왜란의 단초가 된 당시의 조정에서 한 노비의 삶을 이해하고 정려를 내렸다는 데에도 감동이 있다. 조선의 사대부들이 인간적인 싹수가 있었던 것이다.

애월 읍사무소에 들러 마을 유래지를 찾아보았다. 아쉽게도 곽지리의 정확한 유래에 대해 찾을 수 없었다. 마을의 서북쪽에 긴 성을 쌓고 돌들을 채워 넣어 곽기리(郭岐里)라 부르다 곽지리가 되었다는 설과 바깥 성[外城]을 뜻하는 고유어 '밧잣'의 한자

차용 표기로 보는 견해가 있었다. 아름다운 세상의 꿈 하나를 만나고 싶은 곽씨 성을 지닌 한 떠돌이 여행자의 염력을 기대했던 나의 꿈은 깨졌다.

애월읍의 장전리에는 제주 여행자라면 고개를 끄덕이는 작은 카페 '하루 하나'가 있다. 길가에 차를 세우고 카페를 바라보는 동안 마음이 따스해진다. 벽과 지붕이 있는 카페 건물로서는 나라 안에서 제일 소박한 규모일지도 모른다. 인도에서 지낼 적 자주 다닌 카페 알차(Alcha)의 냄새가 난다. 알차의 실내 규모는 이곳보다 작았지만 야외에 나무 테이블이 몇 있고 알전구가 대나무 기둥에 하나씩 매달려있다. 알전구 불이 반짝 켜지면 날벌레들이 날아오고 그 속에서 다르질링 차를 마시며 시와 여행 이야기를 하곤 했다.

카페 '하루 하나'의 단골손님 중에 내가 아는 두 명의 아티스트가 있다. 이웃 마을 소길리에 사는 장필순과 이효리가 그들이다. 대중 예술가로서 최고의 인기를 경험한 그들이 제주도에 이민 온 이유를 충분히 이해하고 번거롭게 하고 싶지 않지만 지난 시간 그들의 신세를 진 적이 있는 나로서는 여기에 추억 몇 줄을 적지 않을 수 없다.

1990년대 중반 나는 전업작가였고 무수히 많은 잡문을 써야만 했다. 한 달에 30꼭지 이상의 글을 써대기도 했으니, 당연히 글이 써지지 않는 순간이 있다. 왜 이따위 글을 써야 하지? 자괴감과 분노가 찾아올 때마다 글은 막혔으며 마감 시간이 다가왔다. 그때 장필순의 노래를 들었다. 〈나의 외로움이 널 부를 때〉. 신비했다. 이 노래를 들을 때 나에 대한 안쓰러움과 부끄러움이 찾아왔다. 그래 쓰자. 다음 생엔 절대 글쟁이가 되지 말자. 그냥 나무나 꽃이나 바람이 되자. 외로움이 영혼을 통째로 느끼는 순간임을 장필순의 노래는 조용조용 이야기해주었다.

가수 시절 이효리에 대해 잘 알지 못한다. 그가 어떤 걸 그룹 소속이었는지, 어떤 노래를 불렀는지 잘 모른다. 제주도로 이민을 온 지금의 그는 세상을 착하게 만드는 일에 자신의 에너지를 쓸 줄 아는 사람이다. 제주의 돌밭 속에 살면서 그가 잠시 세상에 나올 때가 있다. 인도의 슬럼가를 여행하고 돌아와 적지 않은 수의 아이들을 후원하기도 하고 쌍용자동차가 잘 팔려 노동자들이 복직되면 비키니 입고 춤추겠다는 깜찍한 발언을 하기도 한다. 이이의 작은 손 편지 하나가 어떤 정치가나 종교인보다 더 큰 반향을 우리 사회에 울린다. 아티스트란 착한 세상을 만들기 위해 노력하는 사람이라는 깨우침을 전해주는 것이다. 둘에 대한 예의로 한나절 소길리의 이곳저곳을 누비고 다녔다. 돌담을 두른 과수원에 밀감들이 노랗게 열려있고 과수나무 아래 밀감들이 수북이 떨어져있다. 올해 밀감 농사는 대풍이다. 그 대풍 때문에 밀감 값이 폭락하고 농사를 망쳤으니 삶이 지닌 아이러니라 할 것이다. 돌담 곁에 핀 유채꽃 위로 눈발들이 날린다.

한림 1리의 옛 이름은 말머리개, 마두포(馬頭浦)다. 이곳에 제주 북부 해안에서 가장 큰 어항이 있다. 어항에서 가장 가슴 설레는 일은 새벽 어시장 풍경을 보는 일일 것이다. 말머리개의 수산시장에서는 새벽 6시부터 경매가 시작된다. 세상이 캄캄한 이른 시각, 이곳만은 불야성을 이룬다. 어부들은 자신들이 잡은 생선들이 좋은 값으로 팔려나가기를 기도하는 마음으로 가슴이 뛰고 구매자들은 자신이 눈 찍어놓은 생선들을 좋은 값에 살 수 있을지 그 긴장으로 경매장의 아침 시간은 꿈틀거린다.

이날 아침 마두포 수산시장에서 제일 많이 거래된 생선은 민어였다. 얼굴을 찡그린 한 선주에게 좋은 값을 받으셨느냐 물으니 "구정이 내일모레라 기대가 있었는데 생각보다 받지 못했다" 한다. 어부에게 좋은 세상은 자신이 잡은 물고기가 좋은 값으로 팔려나가는 일일 것이다. 이날 마두포 새벽 어시장 사람들의 얼굴은 펀치 못했다. 해가 떠오를 무렵 수산시장 입구에 자리한 작은 식당에서 보말칼국수를 먹었다. 보말은 작은 조개인데 제주 방언이다. 양식하지 않은 보말의 국물 맛에서 바다 냄새가 짙다. 예나 지금이나 사람들이 꾸는 꿈은 같다. 좋은 세상을 만나 숨쉬고 사는 것. 보말칼국수를 먹는 이 순간만큼은 그 꿈이 이루어진 것 같기도 하다.

3부

당신을 사랑할 수 있어 참 좋았다

나무가 물고기를 만난 날이 있었다

벽련포 가는 길

생의 여울이 한없이 궁핍할 때 문득 찾아갈 곳이 있는 이라면 그의 생은 극단적인 선택으로부터 자유로울 수 있을 것이다. 남해대교를 건너 설천면으로 향하는 1024번 지방도로에 들어선다.

40년 전 봄날 처음 이 길에 들어섰을 때 나는 이 면의 이름만으로 위로를 받았다. 설천(雪川). 산밭에서 쟁기질을 하던 노인이 내게 면의 이름을 한자로 천천히 일러주었다. 바닷가 길을 따라 벚꽃들이 하얗게 피어있었다. 만개한 벚꽃들이 시냇물처럼 흐르는 그 길을 터벅터벅 걸었다. 시를 쓰는 것만으로 삶을 살아갈 수 있을까? 가진 것이라고는 아무것도 없는 젊은 날 나는 내 삶이 한없이 초라하고 부끄러웠다. 쟁기질하는 노인은 처음 본 나를 향하여 환하게 웃었다. 그렇게 환한 얼굴로 웃는 이를 이승에서 본 적이 없었다.

어디서 오오?

광주.

섬에 볼 것이 없소. 사람들은 착하오.

밭에 무엇을 심나요?

마늘.

한평생 마늘 농사를 지은 사람의 얼굴은 소를 닮았다. 바람에 날리는 산벚꽃 꽃잎들이 그의 얼굴 앞에 머물다 사라졌다. 그의 이마에도 깊은 내 천(川) 자가 새겨져 있었다. 길도 산도 바다도 사람도 모두 설천의 형상을 하고 있는 곳. 착한 사람들이 사는 마을에도 시는 필요할까? 바람에 날리는 꽃잎들을 보며 걷고 또 걸었다.

복숭아꽃이 환하게 핀 마을의 한 집에 사람들이 모여있는 것을 보았다. 그들이 나를 붙들고 보리된장국에 흰밥을 주었다. 나는 밥을 달게 먹었고 사람이 세상을 떠날 때는 꽃이 많이 핀 봄날 떠나는 것이 좋을 거라는 생각을 했다. 바람에 날리는 꽃잎들 속에서 영정 속 노인의 얼굴이 슬퍼 보이지 않았다.

고갯길을 올라갔을 때 나타난 꽃구름 속의 마을. 마을 이름이 나를 한없이 설레게 했다. 문의(文義)마을. 글의 의로움, 제대로 된 시. 어떻게 이런 이름이 궁핍한 지상에 남아있을 수 있다는 말인가? 언덕 산밭에 산벚꽃나무가 한 그루 꽃구름을 날리고 있었다. 나는 주저하지 않고 그 꽃나무 아래 1인용 천막을 쳤다. 밤하늘에도 하얀색의 시냇물이 흘렀다. 손전등 아래 시 한 편을 썼다.

바람이 불 때마다

내가 누구인지 생각해요

꽃나무들 시냇물처럼

세계의 끝으로 가고

스무 살이 되면

당신이 누구인지 생각하겠지요

서른 살이 되면

세상 모퉁이 허름한 포구에서

소주를 마시겠죠

—「열아홉 살」 전문

설천 해안도로는 40년 전의 풍광을 간직하고 있다. 면소재지의 우체국 앞에서 차를 멈춘다. 설천 우체국은 바다가 보이는 나라 안의 모든 우체국들 중에서도 가장 작고 서정적인 모습이다. 작은 성냥갑을 세로로 세운 느낌. 우편엽서 한 장을 산다. 여행 중에 만난 우체국에서 스무 살의 나는 내게 편지를 쓰곤 했다. 40년의 세월이 흘렀다. 시 하나뿐으로 세상을 살아갈 수 있을까, 그 시절 모든 편지들은 이 의문에 대한 궁핍한 답변들이다.

남해읍의 유배문학관에 들른다. 나라 안의 많은 문학관들 중 이 문학관은 내게 특별한 의미로 다가온다. 조선 5백 년 고전문학의 진수는 유배문학이라 보아 틀림없을 것이다. 다산 정약용의 18년 강진 유배생활이 그의 문학과 경륜의 절정이 되었고 추사 김정희의 〈세한도〉와 추사체는 8년간의 제주 유배생활이 없었다면 성립되지 않았을 것이다. 조선이 자랑할 수 있는 한글 문학 유산인 윤선도의 「어부사시사」와 정철의 가사문학도 기실은 자의적인 유배의 여건에서 태어난 작품이다.

남해의 유배문학관에는 이곳 남해로 유배 온 여섯 명의 선비들이 남긴 글들과 그들의 삶, 나라 안 유배문학에 대한 자취들을 모아 보여준다. 그 중심은 서포 김만중(1637~1692년)이다. 숙종 15년(1689년) 남해로 유배 온 그는 3년 뒤 숙종 18년 4월 30일 남해 노도에서 56세를 일기로 세상을 떠난다. 홍문관과 예문관의 대제학을 두 차례나 지냈으니 그의 관록은 삼정승에 버금가는 것이었다. 최초의 한글 소설 『구운몽』과 『사씨남정기』를 쓴 그의 한글 사랑은 지극하였다. "자기 나라 말을 버려두고 다른 나라의 말을 배워서 표현하는 것은 설령 그 경지가 비슷하다 할지라도 앵무새가 사람의 말을 하는 것과 같다"고 『서포만필』에 적었으며 "여염집 골목길에 장작 패는 아이나 물 긷는 아낙들이 주고받는 노래가 비록 저속하다 하더라도 그 참된 가치는 사대부들의 시부와 같은 입장에서 논할 수 없다"고 하여 읽는 이의 눈을 의심케 한다.

이시애의 누이 종금(終今)의 유배기 앞에서 잠시 걸음이 떨어지지 않는다. 함경도 길주의 최고 세력가의 여식으로 재색을 겸비하였으나 이시애의 난으로 남해현의 관비로 유배를 오게 된다. 젊은 나이에 빼어난 미인이었던 탓에 많은 이들이 처첩을 삼으려 하였으나 갖은 고초를 겪으면서도 18년 동안 정조를 지켰다 한다. 종금의 절의를 표창하자는 상소가 있었고 찬반 토론이 뒤따랐다. 역적의 누이이고 처이니 목숨을 보전하는 것만으로 족하다는 중론이 일어 표창은 불가하였으나 일족이 멸한 상태에서 18년 노비의 삶이 어떠하였을지, 한 여인의 기구한 운명이 서늘하게 다가온다.

자암 김구(1488~1534년)는 조광조와 도학정치를 꿈꾸다 32세의 나이에 남해로 유배 왔다. 12년의 유배생활 속에 그가 남긴 「화전별곡」에는 절해고도로 유배 온 당대 지식인의 삶이 안위를 찾아가는 쓸쓸한 모습이 잘 드러나있다. 시 하나뿐으로 이승의 삶을 꾸려갈 수 있을 것인가? 그에게도 이 화두는 존재했을 것이다.

서울의 번화함 어이 부러울쏘냐
벼슬아치의 붉은 대문 안에 있는

술과 고기가 너는 좋으냐
돌무더기 밭 가운데 초가집
사시사철 화순하여 오곡이 풍성하니
향촌에서 갖는 이 모임이 나는 좋아라

—김구, 「화전별곡」 제6장 전문

길은 앵강만을 따라 흐른다. 한국의 아름다운 길 같은 지칭은 이 풍경 앞에서 허름하다. 40년 전 나는 이 길을 따라 걸었다. 걷다가 해가 저물어 상주 해수욕장에서 일박을 했다. 천막을 치고 있는데 발자국 소리가 들렸다. 아가씨 둘이었다.

그들이 물었다. 여행 중이세요?

네. 어디로 가세요. 그냥 가요. 둘이 웃었던 것 같다. 둘은 상주에 살고 있고 부산에서 간호전문대학을 다니는데 주말이라 집에 왔다 한다. 문의마을을 아세요? 내가 물었다. 문의에 사는 친구가 있다고 했다. 그들에게 문의의 산밭에서 일박하며 쓴 시를 보여주었다.

그들이 노트에 쓴 시에 반응했다. '바람이 불 때마다 / 내가 누구인지 생각해요' 이 구절이 마음에 든다고 한 친구가 말했고 다른 한 친구는 '스무 살이 되면 / 당신이 누구인지 생각하겠지요'의 당신이 누구인가? 물었다. 내가 썼지만 나도 당신이 누구인지 알 수 없었다. 시의 신이라고 말하면 너무 딱딱할 것 같았다. 시 하나뿐으로 삶을 살 수 있을까? 절망적인 이 질문을 하며 걸어간다고 말한다면 너무 초라해질 것 같았다. 그날 저녁 우리는 상주의 별 가득한 하늘을 보며 버너 불을 피우고 저녁을 지어 먹었다. 쌀밥과 된장국이었다.

오는 길에 벽련을 들렀는가? 한 친구가 물었다. 상주에 오기 직전 언덕 위에서 내려다보이는 바닷가 마을이라고 했다. 마을 앞에 보이는 섬의 이름이 노도인데 그곳에 서포 김만중의 무덤이 있다고 했다. 『구운몽』과 『사씨남정기』를 중학교 1학년 때 읽었다. 자유교양대회라는 고전읽기 대회가 있어서 해마다 그 대회에서 상을 탔고 서울 대회도 나간 기억이 있다. 노도가 김만중의 고향인가? 물으니 이곳에 유배 와 죽었다는 얘길 한다. 둘은 헤어지며 언젠가 광주에 오면 내가 다니는 대학에 찾아오겠노라 했다. 40년이 지났으니 그들도 지금은 이순을 훌쩍 넘었을 것이다.

벽련포 언덕 위에 차를 세운다.

상주에서 둘을 만난 다음 날 나는 벽련을 찾아왔고 유채꽃이 노랗게 핀 마을길을 내려가며 휘파람을 불었다. 시 하나뿐으로 남은 삶을 살 수도 있을 거라는 막연한 예감 같은 것이 마음을 채웠다. 마을에서 한 노인을 만났다. 그가 마을 이름의 한자를 들려주었다. 벽련(碧蓮). 푸른빛의 연꽃. 문의마을보다 이 이름은 더 신비했다. 이 세상 어디에 푸른빛의 연꽃이 가득 핀 마을이 있겠는가? 남해현으로 유배를 온 김만중이 노도로 들어간 것은 이 벽련을 매일 보기 위해서였던 것은 아닐까, 하는 생각이 드는 것이었다.

노인에게 노도의 노는 무슨 뜻인가 물었다. 노인이 흙바닥에 한자 하나를 썼다. 나무 목(木), 물고기 어(魚), 날 일(日)이 한데 모인 한자였다. 노 저을 노(櫓). 당신은 이제 이 한자의 의미를 알겠는가? 나무가 물고기를 만난 날, 배를 저어 앞으로 나가게 하는 것은 노이다. 노는 나무를 깎아 만들되 물을 젓게 되고 물속의 물고기를 만나게 된다. 산에 있는 나무는 물고기를 만날 일이 없다. 오직 노만이 물고기를 만날 수 있다. 이룰 수 없는 꿈을 찾아 방랑하는 여행자의 이미지를 노는 지니고 있다. 푸른빛의 연꽃 마을에서 노를 저어 섬으로 들어간 조선 중기의 사내가 있었다. 그도 시 하나로 남은 생을 살 수 있을 것인가, 아파했던 시간이 있었을 것이다. 산중의 나무가 물고기를 만나는 꿈. 어찌 신비

하고 아름답지 아니한가?

그가 노도에 들어와 처음 남긴 시는 어머니를 위한 것이었다.

어머니를 그리며[思親詩]

오늘 아침 어머니 그립다는 말 쓰려 하니
글자도 되기 전에 눈물 이미 흥건하네
몇 번이나 붓 적셨다가 던져버리네
남해에서 쓴 시는 문집에 실을 수 없네

유배 온 첫해 9월 25일에 썼으니 추석이 열흘 지난 뒤의 시다. 어찌 그립지 아니하겠는가? 벽련포에서 노도로 가는 도선이 하루 네 편 있다. 방금 떠난 도선을 놓쳐버려 낚싯배를 빌려 타고 노도에 들어간다. 마을 안쪽 길을 통과하여 섬의 서쪽을 따라 2킬로미터쯤 올라가면 김만중이 처음 묻혔던 유허가 나오고 머물렀던 초옥이 나온다. 유허로 오르는 돌계단이 급하여 숨이 차다. 233개의 계단을 오르며 시가 내 삶의 무엇인지 스스로에게 물으며 걸었던 지난 시절들 생각을 한다. 내면과의 격렬한 싸움이 있었음으로 그 시절은 아름답다. 봉분이 없이 돌로 둘레를 친 가묘가 나온다. 몸의 유폐가 빚어내는 정신의 개화가 있다. 단지 시뿐으로 남은 생을 건널 수 있을까? 40년 전 이 길을 처음 찾았던 시간들이 파란 물길 속에 빛난다.

아들 내외가 오면 쓰는 방이 있으니 하룻밤 자고 가오

영덕 대게길을 따라서

7번 국도는 한반도의 동쪽 해안선을 따라 흐른다.

부산에서 시작한 길은 함경북도 온성에서 걸음을 멈춘다. 휴전선 아래 고성까지 513.4킬로미터. 고성에서 온성까지 이어진다면 이 길은 전체 구간 1천 킬로미터를 훌쩍 넘는다. '백두산 뻗어 내려 반도 삼천리'라는 동요 속의 가사는 이 바닷가 길의 길이와 일치할 수 있을 것이다.

스무 살 중반 처음 이 바닷가 길을 답사할 때 가슴이 뛰었다. 길을 걷다 지치면 시골버스를 타고, 다시 걷다가 석탄을 나르는 트럭을 얻어 타고, 다시 터벅터벅 걸어가는 동안 깨우침 하나가 찾아왔다. 길 곁으로 바다가 따라와 눕는다는 것이었다. 면소재지의 여인숙 창가에도, 도루묵찌개를 파는 허름한 식당에도, 인적 끊긴 버스정류장에도 파도소리가 들렸다. 길을 따라 걷는다는 것은 파도소리를 따라 걷는 것이었고 파도소리를 따라 걷다 보면 길 끝의 작은 포구마을에 이르렀다. 바다는 작은 포구마을에 이르러 가장 부드럽고 포근한 파도소리를 냈다. 길이 바다를 따라 이어지는 것이 아니라 바다가 길을 따라나선다는 생각을 하는 동안 마음이 따스해졌다. 영원한 것은 무엇인가? 이 화두에 대한 답이 길과 바다일 것이라는 생각을 했고 지상에서 이 둘의 관계야말로 불멸의 사랑이라는 생각을 했다.

이번 여행은 7번 국도 그중에서도 영덕의 바닷가 길을 선택했다.

첫 답사여행 생각이 난다. 영덕 길을 따라 걷다가 해가 졌다. 그때 버스가 멈춰 섰고 한 할머니가 버스에서 내렸다. 잠자리를 생각했다면 그 버스를 타야 했을 것이다. 내가 버스 타는 것을 포기한 이유는 할머니가 들고 내린 짐 때문이었다. 해가 지는 시간은 여행자에게 마음의 강물이 출렁거리는 시간이다. 어디서 하룻밤을 머물지? 하는 생각은 어느 하늘의 은하수를 보며 잠들지?와 같은 의미였고 어느 포구마을의 파도소리를 들으며 잠들지?와도 같은 의미였다. 나는 할머니의 짐을 들고 할머니 집으로 갔다. 바다가 보이는 언덕바지에 자리한 작은 돌집이었다. 할머니가 말했다. 아들 내외가 오면 쓰는 방이 있으니 하룻밤 자고 가오. 감자를 썰어 넣은 된장국에 곁들인 저녁을 얻어먹었고 알전구 불빛 아래 시를 쓰다 잠이 들었다. 파도소리가 자장가처럼 들렸다. 밤새 누군가로부터 사랑을 받고 있다는 생각이 들었다. 삶이 바다와 길 가운데 자리한 작은 포구마을의 불빛일 수 있다는 생각이 찾아왔다.

그날 하룻밤 신세를 졌던 할머니 집을 찾아갈 수 있을까.

포항에서 7번 국도로 빠지는 농로가에 칠포 암각화가 있다. 가로 3미터 높이 2미터의 사암질 바위에 새겨진 이 암각화는 점과 선이 서로 만나 빚은 추상화 형태로 되어있는데 그 형태가 꽃병에 꽂힌 꽃다발 같기도 하고 하늘의 은하수 같기도 하다. 심해를 헤엄치는 물고기 형상도 닮았다. 보고 있으면 기분이 좋아진다.

일대에 고인돌 군락이 있다. 좋은 세상을 꿈꾸며 살아온 이들 여기 잠들다. 부디 하늘에서 그 뜻이 이루어지기를. 새겨진 정확한 의미를 알 수 없지만 그때나 지금이나 더 좋은 세상을 꿈꾸는 것은 인류 최고의 이데올로기였을 것이니 이 정도의 의미가 새겨진 것은 아닌지.

7번 국도를 영덕 사람들은 영덕 대게길이라 부른다. 대게길 초입에 자리한 장사항은 6·25 동란 당시의 한 역사적 현장이다. '장사 상륙작전 전몰용사 위령탑'이 긴 모래밭 위에 서있다. 1950년 9월 15일 인천 상륙작전을 성공리에 마친 유엔군은 수도 서울을 탈환하고 전세를 역전시킬 수 있었는데 하루 전 9월 14일 장사항에서 유사 상륙작전이 있었다. 부산에서 모집한 학도병 718명이 주축이 된 상륙부대가 상륙작전을 감행하였는데 이들 모두 17~19세의 학도병들이었고 군복도 입지 못한 채 교복 차림으로 상륙작전에 참여했다 한다. 130여 명의 사망자와 300여 명의 부상병을 낸 이 상륙작전은 북한군의 관심을 동해안으로 돌리는데 성공했고 다음 날 인천 상륙작전의 성공에 큰 기여를 하게 되었다. 그날 학도병들을 실어 나른 문산호의 모습을 재현한 상륙정의 모습이 을씨년스럽다. 백사장과 연결된 상륙정 안에 추모시설이 설치되는 것은 의미 있는 일이지만 학도병의 아픔을 혹시라도 조잡한 관광자원으로 활용할 의도가 없기를.

구계항은 조그만 포구마을이다. 고기잡이배들이 옹기종기 모여있다. 7번 국도의 바닷가 마을들이 대부분 해수욕장의 외연을 지니고 있음에도 마을은 포구의 모습을 유지하고 있다. 모래사장이 없기 때문이다. 포구 양쪽으로 방파제가 마련되어있고 그 한가운데를 지나는 또 하나의 방파제가 있는데 방파제의 끝마다 등대가 서있었다. 세 개의 등대가 포구로 들어오는 길을 안내하고 있는 셈이다. 세 개의 등대가 선 포구마을은 처음 본다. 왜 세 개지? 궁금했다. 그물을 손질하는 이에게 물었다. 고기가 좀 잡히나요? 안 잡히오. 오징어도 보기 힘들고 도루묵 같은 건 지천이었는데 도루묵 보기도 힘드오. 50년 이상 구계에서 살았다는 그에게 왜 등대가 세 개인지 묻지 못했다. 내 질문이 그에게 지극히 한심한 것으로 들릴 것이라 생각했기 때문이다. 그럼에도 언젠가 해 저물 무렵 구계항에 들르고 싶은 마음이 있었다. 세 개의 등댓불이 어떻게 빛나는지 보고 싶은 마음이 있었다.

남호는 이번 여행에서 내가 꼭 들르고 싶은 두 개의 포구마을 중 하나였다. 남호(南湖), 남쪽의 호수. 지도를 들여다보고 이름을 확인한 뒤 그 마을을 찾아가는 것은 오래된 내 여행의 버릇이다.

시천 찬샘 화지 샘골 덕교 명상 와온 달천 반월 청학 봉정. 마을의 이름을 읽고 그 이미지가 마음 안에 꽃처럼 피어날 때 마을을 찾아간다.

오래전 7번 길을 답사할 때 내가 지도를 보며 이 마을의 이름을 마음 안에 새겼을 확률이 있다. 하룻밤 비럭잠을 잔 할머니의 집이 남호라는 아름다운 이름을 지닌 포구마을일 수 있다는 생각을 하는 것이다. 남호에 들어서는 순간 가슴이 설렜다. 오래전에 헤어진 그리운 이를 만나는 느낌이 있었다. 현실의 나는 남호에서 할머니 집이 있었을 가능성을 찾지 못했다. 갈매기들이 쉬고 있는 작은 바위섬 둘레로 하얀 데크가 마련되어있었고 막바지 피서객들이 데크 위를 거닐고 있었다.

커피가게가 눈에 들어온다. 그대여 아무 걱정 하지 말아요. 들국화의 노래가 흘러나온다. 1980년대 후반 전인권이 이 노래를 불렀을 때 나는 이 노래가 지닌 따뜻한 아름다움을 알지 못했다. 염세와 약. 들국화에 대한 그 무렵의 내 고정관념이었다. 그들이 자신만의 방식으로 삶을 얼마나 고뇌하고 아파했는지 이해가 없었다. 기형도의 시들을 최초의 한국 독자들이 외면했듯이. 독재의 시절을 지나오는 동안 시와 노래는 당연히 민중의 꿈과 희망을 노래하는 북소리라고 생각했고 그런 점에서 김지하와 박노해의 시가 교본이었다. 개인적 상실과 아픔의 흔적들을 노래한 시들은 배척되었다. 30년의 세월이 흘러 들국화의 〈걱정 말아요 그대〉를 들었을 때 반성이 있었다. 아픈 영혼들을 위로하는 마음의 꽃다발이 가득 담긴 노래라는 것을 깨달은 것이다. 세월은 가끔 인간의 영혼을 소낙비가 몰아치고 천둥이 내려치는 광야로 끌고 간다. 그곳에 삶이 있다고 강요한다.

그대는 너무 힘든 일이 많았죠
새로움을 잃어버렸죠
그대 힘든 얘기들 모두 그대여
그대 탓으로 훌훌 털어버리고

지나간 것은 지나간 대로
그런 의미가 있죠
우리 다 함께 노래합시다
후회 없이 꿈을 꾸었다 말해요

—전인권 작사·작곡, 〈걱정 말아요 그대〉 중에서

초원을 스쳐 지나가는 자그마한 바람. 그 속에 스민 꽃향기와

뭇 생명들의 이야기. 은하수 속에 머무는 별들의 고요한 한숨소리. 대중가요가 이런 꿈들을 삶 속에 되새길 수 있다면 최고의 미덕일 것이다.

강구는 대게길에서 가장 큰 포구다. 읍 소재지 전체의 건물에 대게라는 이름과 대게 이모티콘이 들어있는 것 같다. 오십천이 바다로 흘러드는 다리 위에 '한국관광의 별'이라는 커다란 아치가 새겨져 있다. 대게가 이곳 사람들의 마음에 새긴 자부심의 정도를 느낄 수 있다. 대게거리 수산시장에 들어선다. 대게를 삶는 냄새가 푹 코끝을 스친다. 가게마다 홍게 10마리 5만 원이라는 문구가 붙어있다. 먹을 만한 크기의 러시아산 대게가 1킬로그램에 2만 원 선이다. 이럴 때 혼자 하는 여행이 좀 심란하다. 본고장에 왔으니 대게 맛을 보고 싶은데 혼자 먹을 수는 없다. 식당 주인이 말한다. 러시아산도 맛있어요. 시즌에 진짜 영덕 대게를 먹는다는 것은 쉬운 일이 아니지요. 작년에는 강구로 들어오는 찻길이 다 막혔고 다리를 건너는 데만 40분이 걸렸다고 한다. 말을 듣는 순간 대게 철에 꼭 강구를 찾고 싶은 생각이 든다. 사람들이 북적이고 와글거리는 곳. 그곳에 삶의 활력이 있고 열망이 있다. 외로운 날은 북적이는 사람들 속에 섞이는 것만으로 힘이 난다. 그에게 대게 두 마리를 삶아달라 얘기했다. 아이스박스에 포장된 대게를 받는 순간 옛 할머니의 모습이 떠올랐다. 할머니와 대게를 먹을 수 있을까. 그런 일은 없을 것이다. 살아계신다면 110살은 되었을 테니.

강구읍을 나오려는데 배가 고팠다. 삶은 대게 탓이다. 잠시 마음을 가다듬었다. 흥해식당이란 간판이 보인다. 식당 입구에 작은 생선이 들어있는 궤짝이 보인다. 도루묵이다. 식당 안의 손님들이 모두 도루묵탕을 먹고 있다. 말짱 도루묵이라는 말을 수없이 들었으나 왜 이 말이 나왔는지 모르겠다. 정말 담백하고 우아한 맛이다. 객지에서 먹은 음식 중 최고의 별미라 할 것이다. 마침 한 편집자로부터 문자가 왔다. 도루묵찌개를 먹고 있는 중인데 정말 시원해요, 라고 답을 보냈더니 지금은 시즌이 아닌데 아마도 냉동 아닌지요?라는 답변이 온다. 주인 할머니가 말했다. 지금부터 10월까지가 시즌이지요. 도루묵은 알이 꽉 차면 살이 맛이 없어요. 알이 생기려고 하는 지금이 가장 맛이 좋지요. 아침 경매에서 이 도루묵들을 구입했다고 한다. 편집자는 자신이 잘 다니는 도루묵 식당이 서울 어디에 있는데 그 집에서 들은 정보가 틀린 것 같다는 얘길 했다. 9, 10월에 혹 강구에 들르시는 분은 흥해식당 할머니표 도루묵찌개를 맛보시길.

오보는 작은 선창을 지니고 있는 포구마을이다. 오보(五步)인지 오보(五寶)인지 알 수 없다. 나는 다섯 걸음의 오보를 생각했다. 선창의 크기가 그만큼 작았다. 작은 것을 보면 마음이 따뜻해진다. 낚시를 하는 청년에게 물었다. 태어날 때부터 오보라고 불리었으니 자신은 그 의미를 모른다 한다. 만약 내게 이 포구의 이름을 붙이라 했다면 나는 이매라고 했을 것이다. 원고지 두 장[二枚] 크기의 포구. 이매포구. 예쁘지 아니한가.

해 질 무렵 이번 여행의 목적지인 석동에 이르렀다. 석동에는 두 마을이 있다. 산 쪽의 석동과 바다 쪽으로 난 석동. 바다 쪽의 석동으로 들어가는 길 입구에서 잠시 심호흡을 했다. 길은 내리막이다. 오래전 내가 할머니의 짐을 들고 내려갔던 길도 내리막이었다. 차 한 대가 겨우 지나갈 길. 내리막길을 천천히 지나 바다 가까운 곳에 차를 세웠다. 파도소리를 들으며 언덕길을 걸어 오르기 시작했다.

한번 들른 길과 마을에서 나는 냄새가 있다. 추억을 환기시키는 첫 번째 요소는 냄새다. 돌 축대를 쌓고 비탈에 선 마을의 집들에서 냄새가 났다. 꽃 냄새와 생선 마르는 냄새. 민박집들이 들어서있다. 하얀빛의 민박집이 보인다. 걸음이 나를 멈춰 세웠다. 꽃들이 피어있고 강아지 인형이 들어있는 작은 강아지집이 있고 장식용 우편함이 서있다. 등을 돌려 바다를 본다. 오래전의 높이보다 조금 낮은 것 같기도 하다. 나는 민박집으로 들어섰다. 혼자 온 여행자가 있었으면 싶다. 파도소리를 들으며 대게 안주에 소주 한잔할 것이다.

당신과 나는 오래전에 만난
나무와 못인지 모른다

여자만을 지나 장수만에 들어서다

863번 지방도로는 여수 화양반도의 작은 바닷가 마을들을 스쳐 지나간다. 계당 선학 농주 와온 달천 반월 봉전……. 바닷가 마을의 새벽 불빛을 보고 있으면 마음 안에 도라지꽃이 핀다.

불빛 속에 이정표가 보인다.

와온(臥溫). 이 작은 갯마을 앞에서 내 마음은 늘 뛴다. 1999년 12월, 온 세계가 새로운 밀레니엄을 맞아 들썩이고 있을 때 처음 이 마을에 들어섰다. 가지고 있던 도로지도에 나타나지 않은 작은 마을. 간이버스정류장에 적힌 마을의 이름을 보았다. 와온. 따뜻하게 누워있는 바다. 마을 앞에 펼쳐진 개펄이 한없이 넓고 아늑했다. 그 바다 앞에 걸망을 멘 한 여행자가 서있었다. 누군들 삶에 지치고 자신이 꿈꾼 시간들에 절망하지 않은 시간들이 없을 것인가.

선창에서 한 무리의 아낙들이 공동작업을 하고 있었다. 드럼통 속의 통나무들이 모닥불로 타오르고 있었다. 아낙들은 굴을 까는 중이었다. 여행자가 모닥불 곁에 쭈그려 앉자 한 아낙이 갓 깐 싱싱한 굴 한 점을 여행자의 입에 넣어주었다. 한없이 싱싱하고 한없이 따뜻했던 남녘 바다의 맛.

> 보라색 눈물을 뒤집어쓴 한그루 꽃나무가 햇살에 드러난 투명한 몸을 숨기기 위해 애를 쓰고 있다
>
> 궁항이라는 이름을 지닌 바닷가 마을의 언덕에는 한 뙈기 홍화꽃밭이 있다
>
> 눈먼 늙은 쪽물쟁이가 우두커니 서 있던 갯길을 따라 걸어가

면 비단으로 가리어진 호수가 나온다

—「와온 가는 길」 전문

일이 끝나고 아낙들이 라면 안주에 소주 한잔을 마실 때까지 그 자리에 앉아있었다. 그때 해가 졌다. 온 하늘이 온 바다가 다 황금빛으로 물들었다. 아낙네들도, 여행자도 모두 함께 수평선을 넘어가는 해를 바라보았다. 지는 해가 떠오르는 해보다 아름답다는 생각을 여행자는 처음 했다. 떠오르는 해는 희망과 용기, 순수함과 꿈으로 이루어진 보기 좋은 열정의 덩어리일 터였다. 쓸쓸함과 연민, 회의와 같은 어두운 단어들의 냄새가 나지 않았다. 지는 해는 그 반대였다. 연민과 부끄러움의 강한 냄새가 지는 해의 몸 전체에서 풍겨 나왔던 것이다. 상실과 후회, 허무의 그림자들이 일렁이는 수평선 언저리에서 강한 인간의 냄새가 스미어 나왔다. 그때 여행자는 새로운 세기에도 자신이 글을 계속 쓸 수 있음을, 자신이 걷고 싶은 길을 여전히 걸을 수 있을 거라는 따뜻한 암시를 받았다.

당신은 참 좋은 사람이에요

웃고 있군요

샌들을 빌려 드릴 테니

파도소리 들리는 섬까지 걸어보세요

—「채송화」 전문

선학마을 돌담길을 따라 들어가면 골기와집이 있다. 의젓하고 잘생긴 옛집을 보면 마음이 경건해진다. 그 집에 살았던 사람들의 이야기, 삶의 숨결이 느껴지기 때문이다. 대문에 달린 오래된 우편함에 뱁새 한 마리가 날아왔다가 후두둑 날아간다. 붉은머리오목눈이보다는 뱁새라는 이름이 더 정겹다. 지난여름 돌담 위로 마당을 내려다보았을 때 추녀 선을 따라 옹기종기 피어있는 채송화꽃들을 보았다. 세상 떠난 주인을 꽃이 홀로 기다리는지 모른다는 생각이 들었다. 어쩌면 꽃은 이 집의 주인이 남기고 간 유일한 삶의 이야기인지도 모른다. 나는 꽃과 눈을 맞췄다. 꽃이 웃는다. 사는 동안 지치지 않기를. 언젠가는 당신도 파도소리 들리는 당신의 섬까지 꼭 걸어보기를.

바닷가 마을로 들어가는 샛길

낮달이 도라지 꽃밭을 바라보고 있네

몸빼 바지 입고 경운기 모는

젊은 아낙의 고향은 베트남 어디

머릿수건 풀어 이마의 땀 훔치며

아따 꽃 징하게 이쁘오! 라고 남녘말로 말하네

고향에도 이 꽃이 피오? 물으니

붉은 얼굴 환하게 웃으며 고개를 젓네

하늘에 하얀 달

땅위에 꽃

보라색과 하얀색의 파도소리 사이로 난 붉은 길을

키 작은 안남 여자가 경운기를 몰고 가네

—「바닷가 마을」 전문

반월마을은 반달처럼 생겼다. 마을이 파도 위에 떠있는 쪽배처럼 느껴진다. 그 여름 마을 입구 산밭에 핀 도라지꽃을 허리 꺾고 보고 있을 때 머리에 땀수건을 질끈 묶은 아낙이 내게 물었다. 꽃이 이쁘오? 이 아낙 경운기를 몰고 있다. 얼굴이 황토 흙처럼 붉었다. 어디서 왔소? 내가 물었다. 베트남. 만 리 고향을 떠나 이국의 바닷가 마을에 정처를 튼 아낙의 삶이 웃는 얼굴 속에 들어있었다. 이쁘오. 내가 대답했을 때 도라지꽃을 말하는 걸로 알았을 것이다. 도라지꽃이 아니었다. 아낙이었다. 땀과 수건 살빛 눈빛 웃음 목소리 모두가 꽃 같았다. 그가 경운기를 몰고 반월마을로 들어갈 때 나는 조용히 손을 흔들었다. 동안 그가 겪은 삶과의 사투는 또 얼마나 격렬했을 것인가? 두렵지만 부푼 꿈을 안고 이역의 땅에 들어왔으나 삶을 견디지 못한 사람들의 이야기를 나는 알고 있다. 아낙은 승리자다. 마을의 고요한 파도 소리와 언덕의 꽃들 눈보라들 모두 그가 펼쳐갈 삶의 이야기에 귀를 기울일 것이다.

나진을 지나 장수만으로 접어드는 순간 해가 떠오른다. 붉고 힘차고 따뜻하다. 오랫동안 나는 세상에서 가장 신비한 일은 아침에 해가 뜨는 일이라 생각했다. 해는 단 하루도 거르지 않고 예정된 시간 지상의 마을들을 찾아온다. 만일 해가 찾아오지 않는 아침이 온다면 그날이 지구의 마지막 날일 것이다. 시 음악 돈 명예 꽃 사랑 혁명. 삶이라 불리는 그 어떤 꿈도 한순간에 멈출 것이다.

장수만에 떠오르는 해는 '우주의 품위(Cosmic grade)'가 있다. 이 말을 처음 내게 알려준 이는 한 힌두교 승려였다. 그와 나는 델리에서 콜카타로 가는 같은 열차를 탔다. 종착지까지는 20시간 이상을 달려야 한다. 그는 조용히 앉아서 밤을 맞이했다. 평생 눕지 않고 잠을 잔다고 수행한 이가 얘기했다. 칠순의 노인이 눕지 않는데 바로 앞자리에서 누울 수가 없었다. 자정이 되었을 때 그가 내게 자리에 누우라는 손짓을 했고 순한 양처럼 나는 자리에 누웠다. 인도 여행에서 가장 행복한 순간은 밤 열차의 침대에 눕는 시간이다. 레일과 바퀴가 부딪는 소리. 세상에서 가장 고요하고 포근한 안마사의 손길이 밤새 몸 전체를 매만져준다. 어머니의 손길 같기도, 자장가 같기도 하다.

기침소리에 눈을 떴다. 그가 나를 보며 인사했다. I bless your cosmic grade! 네 삶이 우주의 품위를 간직하기를. 그가 창밖을 가리켰다. 지평선 위로 붉은 해가 떠오르고 있었다. 오늘이 새해 첫날이야. 그의 말을 듣고 비로소 알았다. 그의 기침소리는 이제 막 떠오르는 새해의 첫 해를 보여주고 싶었던 마음의 신호였던 것이다. 코스믹 그레이드(cosmic grade), 인생의 품위라는 말로도 들렸고 우주의 에너지라는 의미로도 들렸다. 그가 나의 시에 대해 물어왔다.

사내가 망치로
대못을 박았다
못은 자신의 온몸을
나무 깊숙이 투입하였으므로
나무와 못은
서로 행복하였다
세월이 흘러

못은 붉게 물들어

바스러지고

나무의 몸에

빈 구멍 하나가 남았다

늙은 사내가

빈 구멍에 망치로

새 못을 박았다

나무는 자신의 몸 안에 남은

붉은 녹 몇 개를 떨구고는

고요히

구멍과 함께 부서졌다.

—「대못이 박힌 자리」 전문

이 시를 그에게 들려주었다. 우리말로 먼저 읽어주었고 영어로 주섬주섬 설명했다. 그가 환하게 웃었다. 이 세상의 모든 당신과 나는 오래전에 만난 나무와 못인지 모른다. 서로 사랑하고 그리워하다 세상의 끝에서 고요한 못 자국처럼 사라지면 되는 것이다. 삶이란 그러하다. 나무가 몸 안의 못 자국을 기억하듯 내가 당신의 자국을 삶 안에서 기억하는 것이다. 아쉬움 많고 부족함의 덩

어리인 나를 깊게 사랑하고 당신의 결핍과 가난을 또한 깊게 끌어안을 수 있을 때 그때 비로소 코스믹 그레이드, 생의 품격은 깊어질 것이다. 장수만의 고요한 해수면 위로 해가 불끈 솟아오른다. 삶도 시도 노동도 사랑도 지속되어야 할 명분이 따스하게 빛을 뿌린다.

백야대교를 건너 백야리에 이른다. 이곳에 안도로 가는 배편이 있다. 배는 5분 전에 떠났다 한다. 다음 배까지 3시간 이상을 기다려야 한다. 선창에 새로 지은 2층 카페가 있다. 따뜻한 음료와 라면을 판다. 홍합라면과 전복라면 메뉴가 눈에 띈다. 주인 사내에게 홍합과 전복을 함께 넣은 라면을 부탁했다. 오십을 갓 넘은 사내는 세상에 머물 적 다른 이가 지니지 못한 기술을 지닌 용접 마이스터였다고 한다. 마이스터라는 말에서 그가 지닌 자부심이 느껴졌다. 직장생활을 계속할 수도, 돈을 더 벌 수도 있었지만 부인과 함께 귀향을 결정했다고 한다. 달래장아찌에 곁들여 먹는 이른 아침의 라면 맛이 일품이다.

혼자 울고 있는
사람을 볼 때가 있다
혼자 울고 있는 사람은

자신의 가슴속 가장 깊은 슬픔과

대화를 하는 중이다

울고 있는 사람은

자신을 가장 사랑하는 신의 이름이

자기 자신임을 곧 알게 된다

울고 있는 사람을

위로하려는 사람은 무례하다

자신의 슬픔을 볼 수 없는 이가

스스로의 슬픔을 온전히 만나는 이를

위로하는 것은 시건방지다

이른 아침 섬마을 여객선 터미널에서

홀로 우는 사람을 보았다

파도가 그의 어깨 위에

금빛 갈매기 세 마리를 띄우고 있었다

따뜻한 자판기 커피 한 잔

그의 손에 쥐어 주었다

얼마 뒤 그가 일어나 개도로 가는 농협배를 탔다

나도 그처럼 붉게 울다가

먼 섬으로 떠나는 배를 탄 지난날이 있다.

—「백야도」 전문

라면을 먹고 자판기 커피를 뽑기 위해 백야도 여객선 터미널 안으로 들어갔다. 컨테이너 하나 크기의 터미널 안에서 혼자 울고 있는 사내를 보았다. 자판기 커피 두 잔을 꺼내 한 잔을 그의 손에 놓아주었다. 안도에 가야 하는 특별한 이유는 없었다. 햇살 환한 1월의 아침이었고 나는 안도 대신 개도로 들어가는 배를 탔다.

채석강 지나 적벽강 노을길에 들다

격포에서

격포에 왔습니다.

누군가는 이 포구에 가면 연인들은 헤어진다 하고 누군가는 이 포구에 가면 헤어질 운명을 지닌 이들도 사랑을 이어가게 된다고 말합니다. 그래서 이 포구엔 사랑하는 이들의 발걸음이 끊이지 않습니다. 모두들 두 손을 꼭 잡고 물살이 드나드는 해안선을 따라 걷습니다.

아세요? 격포의 해안선을 따라 펼쳐지는 바위들의 이름이 채석강이라는 것을. 수천수만 권의 책들을 포개놓은 것 같은 바위의 형상이 신비하고 아름답습니다. 옛 사람들은 이 형상에 채석강(彩石江)이라는 아름다운 이름을 붙였으니 그 연유는 격포 앞 칠산바다의 노을에 있습니다. 해 질 무렵의 화사한 노을이 해변의 바윗돌들을 비추는 순간 켜켜이 쌓인 바위들이 색색의 빛을 뿜는 것입니다. 이 순간 포구는 지상의 일이 아닌 것처럼 빛나게 되고 이를 누군가 격포(隔浦)라 불렀겠지요. 지상에서 보기 힘든 이 풍경의 품격을 찬양하여 격포(格浦)라 불렀는지도 모릅니다. 내게는 전자 쪽이 더 가깝게 다가오는군요.

채석강은 격포항의 좌우로 펼쳐있습니다.

왼쪽의 채석강을 따라 나무 데크가 이어져있지요. 이 데크 길이 채석강의 품위를 무너뜨렸습니다. 데크를 따라가며 채석강의 바위들을 감상하라는 배려일진대 신비한 자연의 경지를 나무 울안에 가둔 느낌입니다. 동물원 안의 공작을 보는 느낌이 있습니다. 책 바위들을 따라 걷다 만나는 작은 해식동굴들. 예전엔 이곳이 연인들의 장소였지요. 나란히 앉아 파도소리를 듣고 노래를 부르는 이들을 쉬 볼 수 있었습니다.

데크 길은 채석강을 따라 이어지다 바다를 향해 수직으로 나갑니다. 같은 데크 길인데 이 길은 좋군요. 바다 한가운데서 낚시질을 하는 사람들의 모습이 한가해 보입니다. 처음부터 이 길만 만들었다면 좋았을 텐데 하는 아쉬움이 남습니다. 데크 끝에 빨간색의 등대가 서있습니다. 격포항 남방파제 등대입니다. LOVE라는 영문 아래 새끼손가락을 걸고 있는 모습이 등대 위에 그려져 있습니다. 연인들의 장소를 훼손한 미안함을 새겨놓은 느낌이 있습니다.

닭이봉을 향해 걸음을 옮깁니다.

해발 1백 미터가 조금 넘는 이 언덕에 오르면 격포항의 좌우 풍경이 한눈에 들어옵니다. 정상에 전망대가 있습니다. 바람이 제법 있군요. 전망대의 난간과 주위 나뭇가지에 하얀 조개껍데기들이 매달려있습니다. 조개껍데기에는 사랑의 언약들과 소원들이 적혀 있습니다. 바람이 불 적마다 매달린 조개껍데기들에서 풍경 소리가 납니다. 그 소리가 듣기 좋군요. 전망대 안의 카페에서 뜨거운 아메리카노 한 잔을 시켜 들고 조개껍데기에 새겨진 문구들을 읽습니다.

혼자는 외로워 둘이랍니다 -사이또 준꼬와 두호

고마워 우리 다음 생에도 꼭 만나자

최달수 사업 잘되게 기원해 주세요

꺾을 수 없는 날개를 단 내가 다녀감

Majed my love (큐피드의 화살 그림과 함께 적은 이의 이름이 아랍문자로 새겨져 있군요.)

최달수 씨의 사업이 부디 잘되기를. '꺾을 수 없는 날개를 지닌' 이의 날개가 오래오래 꺾이지 않기를. 사이또 준꼬와 Majed 씨 커플도 지상에서 내내 행운이 함께하기를.

닭이봉을 내려가면 채석강의 다른 한쪽에 이르지요. 그 곁은 격포 해수욕장입니다. 이쪽 채석강은 나무 데크가 없습니다. 와! 사람들이 이곳에 다 모여있군요. 바닷물이 빠져나간 해변의 바위 위를 걷는 사람들의 모습들이 참 보기 좋습니다. 반달처럼 움푹 들어간 지형 탓에 번잡한 격포항의 모습이 여기서는 보이지 않습니다. 사람들이 파도 곁으로 다가갔다가 힘껏 도망치는 모습이 보기 좋군요. 파도도 웃고 사람들도 달려가며 웃습니다. 해수욕장 곁의 작은 식당에서 바지락칼국수를 먹습니다. 찬바람을 많이 쐬어 코끝이 얼얼한데 뜨거운 칼국수 국물이 들어가니 속이 풀어집니다. 겨울 해수욕장은 사람이 찾지 않아 쓸쓸하기 마련인데 격포 해수욕장은 예외입니다.

채석강을 지나 변산 쪽으로 이어지는 작은 바닷가 길의 이름을 혹 아세요? 적벽강 노을길. 소동파의 시 「적벽부」에서 빌린 이름이지요. 「적벽부」에 내가 좋아하는 구절이 있습니다.

계수나무 노와 목련가지 삿대로　　　桂棹兮蘭槳
물에 비친 달을 밀쳐내네　　　擊空明兮泝流光
아득하고 아득하여라　　　渺渺兮予懷
하늘의 미인을 꿈결처럼 바라보네　　　望美人兮天一方

―소동파, 「적벽부(赤壁賦)」 부분

달빛 환한 밤 옛 시인은 노를 저어 달빛 속으로 들어갑니다. 달빛 여행이니 노는 계수나무로 만들어야 적격이겠지요. 보름달 속 절구질하는 토끼와 함께 서있는 그 나무. 삿대로는 목련나무가 적격이지요. 목련의 우아한 꽃과 향기. 달빛 출렁이는 강물을 짚고 나아가 꿈결 속의 미인(달)을 바라보는 데 이보다 더 품격 있는 나무는 없을 것입니다. 그곳에서 시인은 동무들과 밤새 술을 마시고 시를 짓고 세상 이야기를 하고 그러다 한 배에서 함께

쓰러져 잠이 들고 아침 햇살을 맞이하지요.

차를 세워두고 적벽강 노을길을 터벅터벅 걷습니다. 해가 지려면 한 시간쯤 남았으니 어느 순간 노을길이 찾아오겠지요.

이 가을 행운 하나가 나를 찾아왔습니다.

대학 시절 함께 시를 쓰던 후배 하나가 러시아 여행을 제안했습니다. 톨스토이와 도스토옙스키 체호프 파스테르나크 푸시킨들의 고향과 창작실들을 답사할 참인데 함께 가자는 것이었습니다. 비행기표를 끊어준다는데 거절할 이유가 없었지요. 여행 내내 몹시 추웠습니다. 바람이 불고 눈도 많이 내렸지요. 풍진 세상의 일들이 다 그렇지만 문학작품의 아름다움 또한 혹독한 고통의 시간들을 통해 태어나는 것 아니겠는지요. 답사하는 동안 대문호들이 쓴 작품보다 그들의 삶, 사랑의 이야기들이 더 가슴에 다가왔지요.

안나 그리고리예브나는 도스토옙스키의 아내입니다. 19살에 도스토옙스키를 만나 20살에 결혼했습니다. 심한 도박 중독에 간질을 지녔던 도스토옙스키는 빚쟁이였습니다. 지인들에게 보낸 모든 편지는 돈을 꾸어달라는 내용이었지요. 그는 도박빚 때문에 출판업자와 불리한 계약을 체결했습니다. 계약한 날짜까지 새 소설 원고를 주지 못할 시 기존의 출판권을 모두 양도한다는 내용이었습니다. 날짜가 한 달이 채 남지 않았을 때 위기감을 느낀 도스토옙스키는 한 속기사를 고용해 소설을 쓰기 시작했습니다. 이 속기사 덕으로 무사히 탈고를 했고 출판권도 지킬 수 있었지요.

둘은 결혼했습니다. 결혼식장에서 한 차례 이혼 경력이 있는 25살 연상의 신랑은 신부의 가족들 앞에서 간질 발작을 일으켰다는군요. 신혼집은 월세가 50루블이었는데 도스토옙스키의 빚은 2만 루블이었습니다. 지금의 한국 돈으로 치면 5억 원이 넘는 금액이지요. 아이 넷을 키우며 안나는 그 빚을 다 갚았습니다. 직접 자신이 남편의 책을 출간했고 끈끈한 내핍 생활을 했습니다. 집필실에 네 아이 중 막내가 쓴 편지 한 통이 있었습니다. 나이 일곱 살. 이제 막 글자를 배웠고 맞춤법이 틀린 글씨로 이렇게 적었습니다. "아빠, 사탕 좀 더 주세요." 엄마는 하루에 정해진 숫자만큼의 사탕만 주었지만 아빠는 손에 잡히는 대로 사탕병의 사탕을 꺼내 준 것이지요. 안나의 헌신 덕으로 도스토옙스키는 『카라마조프가의 형제들』 같은 만년의 작품들을 삶의 안정 속에 써낼 수 있었습니다. 도스토옙스키가 세상을 떠났을 때 안나의 나이 35살이었고 재혼하지 않은 채 생을 마쳤지요. 사람들이 그에게 왜 재혼하지 않는가 물으면 "내가 도스토옙스키와 살았는데 다른 누구와 또 살 것인가?"라고 말했다는군요. 나는 열두 달 모두 '안나 그리고리예브나 도스토옙스카야'의 사진이 박힌 2017년 달력 하나를 사서 돌아왔습니다.

시인인 보리스 파스테르나크는 생애 단 한 편의 장편소설 『닥터 지바고』를 썼습니다. 10년의 세월에 걸쳐 완성된 소설은 모국인 소련에서 간행되지 못하고 1956년 이탈리아에서 간행되었습니다. 사람들이 열광했고 1958년 노벨문학상을 수상하게 되었지요. 최고의 영광이 될 이 상을 파스테르나크는 거부했습니다. 본인의 의사가 아니었지요. 당시의 소비에트 정권과 작가동맹은 그의 작품이 체제 위반의 성향을 띠고 있다며 비판했고 그가 수상할 경우 국외 추방을 하겠노라 위협했습니다. 기념관의 해설자는 이것이 파스테르나크가 노벨상을 거부한 실제 이유가 아니라고 말했지요. 소설 속 지바고의 연인인 라라에 해당하는 이가 기념관에서 도보로 20분 거리에 살고 있었고, 당시 유명 잡지의 편집인인 그녀를 평생 감옥에서 썩게 하겠노라 당국이 위협했기 때문이라고 말했습니다. 연인의 안전을 위해 노벨문학상을 거부했다는 것이지요. 체제와 작품 사이의 갈등 속에 번민하던 그는 1960년 세상을 떠났습니다.

수성당 앞바다에 노을이 짙게 뱁니다.

칠산 앞바다가 훤히 보이는 이곳에는 같은 이름의 작은 당집이 하나 있습니다. 이곳에 개양할미 전설이 있습니다. 개양할미는 딸을 여덟 낳아 그중 일곱 딸을 각 도로 시집보내고 막내딸과 함께 이곳에서 살았지요. 개양할미는 키가 엄청 컸는데 커다란 나막신을 신고 서해바다를 걸어 다니며 바닷속의 골짜기를 평평히 고르고 뱃사람들의 안전을 도왔다 합니다. 그래서 이곳 사람들은 개양할미를 수호신으로 모시고 해마다 정월 초사흘 당제를 지낸다 합니다. 효녀 심청이 공양미 삼백 석을 받고 빠져 죽은 곳, 인당수가 바로 이 앞바다라 하는군요. 자신을 희생해 다른 이의 삶을 부드럽게 한 이야기. 나는 『춘향전』과 『흥부전』, 『홍길동전』보다 『심청전』이 더 우월한 아름다움을 지닌 민족의 이야기라 생각하는데 바로 이 연유 때문입니다. 희생과 헌신의 민화를 지녔다는 것 우리 역사의 자랑이지요.

수성당 아랫길은 곧장 적벽강으로 이어집니다.

네 사람이 해변을 걷고 있군요. 둘씩 손을 잡고 걷던 그들 중 한 커플이 파도와 갯돌이 만나 부서지는 지점에 서서 입맞춤을 합니다. 그 모습을 본 다른 커플도 입맞춤을 하는군요. 흉한 구석 하나도 없이 참 보기 좋았습니다. 꽃과 바람이 고요히 만나는

것. 새들이 긴 부리를 부비며 인사하는 것. 강물이 그 안의 작은 바위섬 곁에 머물다 흐르는 것, 구름이 만나는 신, 그 모두가 입맞춤 아니겠는지요.

이곳의 갯돌들을 사람들은 후추암(Peperite)이라 부릅니다. 후춧가루를 뿌려놓은 것 같다고 해서 생긴 이름이지요. 붉은색의 유문암과 흑색의 셰일층이 섞여 만들어진 암석들이라는군요. 날이 맑고 노을이 짙은 날이면 적벽강의 주상절리들은 이 후추암 빛으로 인해 그 빛이 더 찬란했을 것 같습니다. 넷이 후추암 모래 위를 걷습니다. 그들이 어디서 왔는지 무엇을 하는지 이름이 무엇인지 모르지만 모두들 자신의 생명 안에서 최선을 다해 살았음을 느낍니다. 당신도 나도 또 다른 당신도 모두 그 마음으로 살아가기를.

해가 바다 속으로 들어갑니다.
넷이 지는 해를 향해 손을 흔드는군요.

문득 채석강에 모인 사람들 생각이 납니다. 그들도 지금 모두 손 흔들고 있겠지요. 넷과 다섯 여섯 그보다 훨씬 많은 수의 사람들이 모여 손을 흔들며 자신이 꿈꾸는 세상의 한 순간 속으로 걸어가겠지요. 지는 해가 한없이 아름다운 곳, 어떤 외로움과 곤궁의 시간 속에서도 새날을 꿈꾸는 인간의 숨소리가 저무는 바닷가 길에 있습니다.

인간의 시간들 하늘의 별자리처럼 빛날 때

바람의 언덕 가는 길

1018번 도로.

이정표를 확인하는 순간 훅 꽃냄새가 끼쳐온다. 언덕배기 산자락 어디엔가 천리향 한 그루가 서있는 모양이다. 잠시 주위를 둘러본다. 꽃나무는 보이지 않는다. 주황색의 황화코스모스들이 바람에 목을 흔든다. 보이지 않는 꽃향기의 주인. 그가 1018번

도로에 진입한 한 여행자를 어디선가 환영하고 있을지 모른다는 생각이 든다.

스무 살 무렵 처음 이 길을 걸었을 때 길의 끝에 무엇이 기다리는지 알 수 없었다. 지도는 지녔으나 볼 필요가 없었다. 마른 풀들의 냄새와 남해의 반짝이는 물살들. 뭔가를 생각한다는 것이 무의미한 일이었다. 얼굴에 햇살을 바르고 길 위의 자갈을 툭툭 차며 안녕! 인사를 하면 마음이 편안해지는 것이었다.

이 길 위에서 생의 호사가 있었다. 바다가 보이는 언덕에 낡은 천막을 치고 들국화와 코스모스로 만든 꽃다발 하나를 천막 입구에 걸어두면 샹그릴라가 따로 없었다. 천막 안에서 바다를 보며 헤세를 읽었다. 누군가 내게 살아오는 동안 가장 가슴 설레는 일이 무엇인가 물어오면 망설이지 않을 대답이 있다. 대학 1학년, 교정에 책장수가 찾아왔다. 월부로 문학전집을 파는 책장수였다. 그가 내게 헤세 전집의 카탈로그를 건넸다. 『크눌프』『수레바퀴 아래서』『데미안』『싯다르타』. 고교 시절 밤을 새워 읽었던 글들. 내게 그 글들은 소설이 아닌 한 구도자의 쓸쓸하고 아름다운 자기고백으로 받아들여졌다. 그에게서 헤세 전집을 구입했다. 돈도 없고 벌이도 없었던 그 시절 어떻게 그 전집을 구할 생각을 했는지, 처음 본 책장수는 무얼 믿고 내게 책을 팔았는지 모르겠다.

혜세 전집은 그 무렵 내 재산목록 1호였고 길을 떠날 때면 그 중의 한 권과 길동무가 되었다. 바람과 구름, 배낭 속의 혜세와 길. 그것만으로 삶이 두렵거나 외롭지 않았다. 군 입대를 하며 집 없이 떠돌던 시절은 끝났다. 훈련소에 들어가던 내게 걱정이 하나 있었다. 혜세 전집을 어떻게 할 것인가? 그 무렵 내게는 강은교와 김춘수, 신동엽과 김수영 김지하 들의 구하기 힘든 초판본들이 있었다. 모두 아끼는 시집들이었지만 기꺼이 친구들에게 나눠 줄 수 있었다. 그 친구들은 집 없는 내게 잠잘 곳과 밥과 술 담배를 제공했고 때로는 브람스나 비발디 같은 클래식 음반을 들려주기도 했다. 나는 지금도 좋은 시와 좋은 음악은 좋은 동무와 같은 의미를 지닌다고 생각한다. 혜세 전집만은 나눠줄 수 없었다. 이종 여동생 생각이 났다. 사범대 가정과에 다니는 그 친구라면 3년의 군 생활을 마치고 돌아와도 책을 온전히 건사할 수 있을 것 같았다. 군 생활을 하며 힘들 때마다 혜세와 함께 거닐던 길 생각을 했다. 군에서 돌아와 나는 혜세와 다시 조우했고 세월은 작은 모래알과 들풀 냄새와 바람 속에 길 하나를 보여주었다. 생이란, 시란 그 길 속으로 걸어 들어가는 일이었다.

그가 열네 살에 시인이 아니면 아무것도 되지 않겠다고 말했던 것, 스물두 살에 첫 시집을 냈던 것, 그 이후 혹독한 인도 여행을 하고 돌아왔던 것 들이 마음에 남았지만 흠이 전혀 없는 것은 아니었다. 그것은 그가 1946년 『유리알 유희』로 노벨문학상을 받은 것이었다. 타고르의 시를 많이 좋아했지만 1913년 타고르가 노벨문학상을 받은 사실에 대해서 나는 아쉬움이 없었다. 동방의 성자. 고요하고 신비하고 깨끗한 인간 세상의 꿈. 신과의 대화. 이런 이미지들이 서양 세계에 전달될 수 있음은 충분히 의미 있는 일이라 생각했다. 헤세는 아니었다. 그가 아주 고요하고 완강하게 노벨문학상을 거부했다면 참 좋았을 거라는 생각이 드는 것이었다. 인간과 인간이 빚은 세계에 대한 깊은 지혜와 사랑을 우리에게 이야기해준 것만으로 그는 완벽한 인간의 역할을 해냈다. 무슨 상이 필요하겠는가?

1018번 길은 이어진다.

둔덕면의 술역마을에서 차를 멈춘다. 처음 거제도에 들어섰을 때 천막을 친 마을. 술역이라는 이름에서 누룩 뜨는 냄새가 나는 것 같았다. 마을 사람 몇을 붙들고 왜 술역인가 물었지만 아무도 연유를 알지 못했다. 그냥 허허 웃으며 예부터 술역이었어, 라고 말할 뿐. 그때 내 마음 한쪽에서는 이곳에 술과 관련된 어떤 슬프고 아름다운 전설이 있거나 아니면 술을 아주 좋아하는 동방의 사람들이 이곳 바닷가 마을에 숨어 살았다 하는 식의 이야기가 있었으면 하는 마음이 없지 않았다. 마을의 남녀노소가 함께 모여 쌀로 빚은 술을 마시고 춤추고 노래하고 생의 긴 항해를 이야기할 수 있다면 아름답지 않겠는가? 뺏고 빼앗기고 속이고 핍박하는 삶이 아닌 자연과 더불어 바람처럼 들꽃처럼 살아간다면 그것만으로 살 만한 세상이 아니겠는가?

마을 노인정에 들러 예전처럼 왜 술역인가요? 물으니 같은 답이 돌아온다. 몰라 그냥 술역이야. 언덕에 노란 돼지감자꽃 피고 석류가 익고 마을 중앙에 정자가 있다. 등을 대고 누우니 산들바람이 불어오고 졸음이 온다. 바람 속에 벼 익는 냄새가 나고 마을의 어느 집에서 술 익는 냄새가 나는 듯하였다. 한숨 잤다. 눈을 뜨니 가을 햇살 따사로운 바닷가 마을. 거제도 마을 유래지에는 유배 온 고려의 한 왕이 육지와 교류를 한 역마을, 곧 수역이었는데 뒤에 술역(述驛)이 되었다는 이야기가 적혀있다.

지세포(知世浦)로 차의 방향을 잡는다.

마을 이름에서 심지 굳은 삶을 살다 간 인간의 냄새가 난다. 세상 이치를 알고 싶소? 그렇다면 이곳으로 오시오. 오래전 이 마을에 숨을 부린 누군가가 중얼거리는 소리가 바람소리 속에 스며있다. 90년대 초반 미술평론가 L형 일행과 함께 이 길에 들어선 적 있다. 지명이 풍기는 카리스마 때문에 우리 일행은 잠시 대화를 멈추었는데 그때 차 앞으로 다가오는 한 물체가 있었다. 거북이었다. 길이가 50센티미터쯤 되는 거북이가 도로를 횡단하고 있었다. 느릿느릿 네 발을 움직이며 기어가는 거북 앞에서 차를 멈추었다. 길 한쪽은 바닷가 모래밭이었고 반대편은 소나무가 들어선 숲이었다. 거북은 도로를 횡단하여 솔숲 쪽으로 가는 중이었다. 거북을 만난 게 무슨 의미인지 설왕설래가 있었다. 그날 거북은 포박당하여 박스에 넣어지는 횡액을 당했다.

돌아오는 길에 거북을 어떻게 할 것인가로 설전이 있었다. 바다에 놓아주자는 의견이 있었고 놓아주어서는 안 된다는 의견이 있었다. L형이 얘기했다. 일행 중 장형이었던 그는 투철한 리얼리스트였다. "거북이 영물이라는 것은 인간의 삶과 역사 속에서 그 의미가 있는 것이오. 이야기나 신화는 더 좋은 인간의 삶에 대한 향수를 지니고 있다오. 놓아주기보다는 요리해서 먹고 새로운 세상을 만들기 위한 에너지를 쌓는 것이 지세포의 길 위에서 만난 거북의 의미일 것 같으오." 놀랍고 또 놀라운 생각이었지만 그의 주장에 감동이 있었다. 새로운 세상. 인간이 함께 어울려 따뜻이 살 수 있는 세상. 그보다 더 소중한 이데올로기가 어디 있겠는가? 자신의 이론적 신념을 현실의 삶에 그대로 적용하는 L형의 모습을 다시 보게 되었다.

목적지에 도착했을 때 L형의 집에서 급한 전화가 왔다. 나는 그 전화가 좋았다. 집으로 가는 택시를 타며 그는 내게 한 차례 더 당부를 했다. 용봉탕을 꼭 만드시오. 남은 게 있으면 내일 먹으러 오겠소. 그날 우리는 그의 신념을 실천하지 못했다. 거북은 박스 안에서 세 개의 알을 낳았고 다음 날 아침 거북과 나는 가까운 목포바다를 찾았다. 세월의 압박 속에서 함께 꾸는 꿈. 좋은 세상. 거북과의 인연으로 지세포의 길은 내게 더 인간적인 모습으로 다가왔다.

구조라 앞에서 차를 세웠다.

오래전 이 포구에 작은 교회가 있었다. 나는 사람이 북적대는 큰 건물의 교회에는 들어갈 생각이 전혀 없고 십자가의 고상을 보더라도 별 느낌이 없는데 교실 반 칸이 조금 넘는 작은 교회당을 보면 꼭 들어가고 싶어진다. 그곳의 낡은 장의자에 잠시 앉아있으면 마음이 맑아지고 이 세상을 위해 경건한 삶을 살다 간 이들의 고요한 에너지가 몸 안에 느껴진다. 작은 종탑에 매달린 쇠 종의 줄을 당겨 땡그랑 소리를 듣고 싶어지고 교회 앞 작은 뜰에 핀 채송화나 분꽃을 보면 손을 모으고 기도도 하고 싶어진다. 오래전 그 교회 앞에서 낡은 러닝셔츠 차림으로 호미질을 하던 한 사내를 보았다. 목사님이세요? 물었더니 빙긋이 웃었다. 작은 교회의 목사가 호미로 상추도 심고 고추 모종도 심는다면 그곳에 언젠가 신이 들를 거라는 생각을 했다. 오래 뒤 선생이 되었을 때 분꽃을 닮은 한 학생에게 고향이 어디냐고 물었는데 구조라라고 얘기했다. 반가운 내가 그곳에 아주 작은 교회가 있는데, 하고 말했더니 그 교회의 목사님이 아빠예요, 라는 답이 돌아왔다.

아무것도 아닌 것 같은 인연의 시간들이 하늘의 별자리처럼 빛나는 시간이 있다. 좋은 길을 간다는 것, 아름다운 삶을 꿈꾼다는 것. 소소한 시간의 바다에 자신만의 작은 나뭇잎 배 하나를 띄울 수 있다면 그 사람들이 만들어가는 세상은 정직하고 아름답지 않겠는가.

길은 구조라에서 학동으로 이어진다.

학동의 바닷가에는 흑진주를 연상시키는 몽돌들이 펼쳐져있고 방조림으로 키운 송림이 있다. 수백 년 되었을 이 솔숲에 찾아온 학들 때문에 학동이란 이름이 붙여졌을 것이다. 학동마을 뒷산에는 울창한 동백숲이 있고 이 숲에는 팔색조가 살고 있다는 말이 전설처럼 전해져 온다. 학동마을 끝자락에 묵은 먹기와집 한 채가 있었다. 기와집 안방 중앙에 2층 조선 장롱이 놓여있었는데 마당에 핀 동백꽃과 하얀 창호지 문들이 학이 사는 마을과 어울렸다. 그 집의 할머니가 처음 본 내게 수박을 쑥쑥 잘라주셨다. 집이 참 좋아요. 문만 열면 바다도 보이고 바람소리도 좋아. 밤엔 파도소리도 자박자박 좋지. 할머니의 말이 시였다. 자박자박이라는 의성어가 그렇게 좋을 수 없었다.

그때 마음 안에 한 꿈이 생겼다. 언젠가 할머니의 집에서 하룻밤 비럭잠을 잔다는 것. 창호 문을 열고 몽돌밭을 스쳐 자박자박거리는 파도소리를 듣고 싶었다. 다음 해 나는 오로지 한 가지 꿈으로 학동마을을 다시 찾았다. 집도 마루도 이층장도 동백꽃도 다 그대로인데 할머니가 계시지 않았다. 오십 줄의 사내에게 물으니 올해 돌아가셨다 한다. 사내는 할머니의 아들이었다. 대처에서 지내다 집을 비워둘 수 없어 자주 들른다는 것이었다. 똑같은 집인데 할머니가 계시지 않으니 하룻밤 자고 싶은 생각이 없어졌다.

2017년 가을, 학동 풍경을 보지 않는 게 좋았다.

원주민들이 살던 집은 단 한 채도 남지 않고 사라졌다. 식당 카페 펜션 편의점 유흥업소 기념품 가게 들이 색색의 네온 간판을 걸고 들어섰다. 걸음을 옮기기 힘들었다. 동백숲 쪽으로 들어가 할머니 기와집 자리를 찾아보았으나 짐작조차 할 수 없다. 품위 있던 솔숲도 사라지고 없다. 몽돌밭 가장자리의 수백 년 묵은 소나무들 몇 그루가 남아있기는 했으나 밑동에 두터운 나무 데크가 설치되어있다. 옥중의 죄수들이 목에 칼을 쓴 모습을 그대로 닮았다.

도장포에 들러 바람의 언덕에 올랐다. 오랫동안 바람은 길의 영혼이라 생각했다. 터벅터벅 걸어 바람들이 모여 사는 언덕에 이른다면 얼마나 근사한 일이겠는가. 세상 어딘가에 바람의 언덕이 있다면 어떤 여행자도 찾아가 보고 싶지 않겠는가. 오늘 바람의 언덕에서 당신의 이 꿈은 실현될 가능성이 없다. 수백 대의 차량들과 주차장, 위락시설로 범벅인 채 바람의 언덕은 공중으로 솟구쳐 오른다. 오래전 이 길을 터벅터벅 걸을 때 참 좋았다. 마을이 있고 걸어가는 사람들이 있었다. 그 길 위에서 나는 한없이 궁핍한 그 시절에도 희망을 잃지 않았다. 걷고 걷다 보면 어딘가 좋은 세상이 있으리라. 마을도 여행자도 끊긴 길 끝. 정체성을 알 수 없는 풍차 한 대가 언덕 위에 서서 와글거리는 행락객들을 맞는다.

먼 곳에서 친구가 찾아와
함께 걸으니 참 좋았다

장도에서

먼 곳에서 친구가 왔다.

기차역에서 그를 기다리는데 마음이 설렜다. 그와 나는 우리들만의 생이 간직한 길고 따뜻한 이야기가 있다. 처음 그를 만났을 때 생각이 난다. 상고머리 고등학교 시절 그와 나는 함께 시를 썼다. 궁핍에 대한 영원한 도전 혹은 자유. 궁핍 대신 절망이라 써야 할지도 모르겠다. 우린 시를 사랑했다. 나는 집이 없었고 그는 몸이 아팠다. 그 시절 시를 쓰는 내 친구들은 거의 같은 병을 앓았다. 파스, 하이드라짓드, 마이엠브톨……. 친구들이 한 주먹씩 삼키던 약의 이름들. 성성했던 내 몸이 미안했던 나는 그의 집 골방에서 그와 함께 잠을 자곤 했다. 먼저 잠이 든 그가 숨을 내쉴 때 코앞에서 깊게 그의 숨을 들이켰다. 아무리 노력해도 병은 내게 옮겨오지 않았으니 집 없이 떠돈 내 몸이 지닌 신비라 할밖에.

그가 에스컬레이터 위에서 손을 흔든다. 1·4후퇴 당시 중공군이 쓴 모자를 썼다. 모자 좋구나, 어디서 이런 앤티크를 구했니? 우린 광양으로 갔다. 그곳에서 한 동생이 우릴 기다린다. 얼마 전 동생은 생업으로 작은 펍을 차렸다. 팝 음악을 좋아했던 그는 스무 살부터 음악다방의 DJ를 했다. 그것이 평생의 업이 되었고 손님이 원하는 음악을 찾아 들려주는 것이 삶의 기쁨이 되었다. 한쪽 벽을 꽉 채운 LP판 앞에서 그가 환하게 웃으며 우릴 맞아준다. 술 한 병을 놓고 긴 이야기. 자정 넘어 자리에서 일어서니 밤의 거리에 내리는 흰 눈. 눈 속을 셋이 걸어 숙소로 가는 동안 참 좋았다. 창밖에 이순신대교가 보이고 여천공단의 불빛들이 환했다. 그와 나는 두 차례의 인도 여행을 함께했고 안나푸르나 여름 트레킹도 함께했다. 이야기의 바다가 찾아왔고 밤을 하얗게 새웠다. 얼마 만에 이 표현을 썼는지 모르겠다. 고등학교 시절 밤을 새워 시를 쓰다 새벽을 만나는 것은 우리의 생이 찾은 최초의 자부심이었다.

이른 아침 또 한 동생이 찾아왔다. 그의 숨은 임무는 잠을 자지 못한 우리 일행의 운전기사가 되는 것이다. 천성이 착하디착한 그는 단 한마디 싫은 내색 없이 주변의 일들을 수습한다. 눈발이 날렸다. 눈으로 보고 손으로 만지면서도 믿어지지 않는 일들. 셋이 이리저리 뛰며 혀를 내밀어 눈을 받아먹느라 소란스럽다. 따뜻해. 캔디 같아. 혀에 닿는 눈의 감촉을 따뜻하다고, 캔디 같다고 말할 수 있다니. 눈앞의 늙은 소년들이 사랑스러웠다.

보성군 벌교읍 장암리.

새해 초에 함께 여행을 하자는 얘기가 나왔을 때 머리 속에 떠오른 마을이었다. 마을의 동쪽 끝에 자리한 작은 해변을 보여주고 싶었다. 해변은 말굽 모습으로 깊게 파인 위치에 자리하고 있었다. 바위 바닥이 넓게 펼쳐져 갯것을 채취하는 마을 사람의 출입이 드물었고 외부인의 눈에 띄지 않았다.

물때가 맞았다. 썰물 덕으로 갯벌 위에 누운 바위 표면들이 그대로 드러났다. 이것 좀 봐. 친구들이 모여들었다. 바위 위에 감자알 크기의, 더러는 사과알 크기의 구멍들이 격자무늬로 찍혀있다. 50개쯤 찍힌 곳도 있고 그보다 더 많이 찍힌 곳도 있다. 코끼리의 발자국처럼 둥글게 파인 자국들도 여럿. 공룡 발자국 같지 않아? 등피가 철갑으로 된 공룡이 이곳에 거꾸로 누운 것 같지 않아? 모두들 신기해하며 바위 흔적들을 바라본다. 손바닥으로 쓸어보고 만져보더니 금세 다시 혀를 내밀며 눈을 받아먹는다. 그 모습이 보기 좋았다. 백악기나 쥐라기의 먼 생명 이야기보다 지금 살아서 숨 쉬며 뛰어가며 눈발을 받아먹는 서로의 모습이 더 따스하고 사랑스러운 것인지도 모른다. 장암의 외딴 해변에 남은 흔적들. 언젠가 우리의 삶의 시간들도 어떤 형식으로 남아 뒤에 오는 생명들에게 새로운 호기심과 따스함을 건네줄 수 있지 않을까.

상진항은 장암마을의 포구 이름이다.

이곳에 단 하나의 항로가 있다. 장도로 가는 뱃길이 그것이다. 하루 두 차례. 오전 오후의 물때에 따라 배 시간은 달라진다. 장도 사랑. 배의 이름이다. 자동차를 네다섯 대쯤 태울 수 있으니 어엿한 카페리호다. 바람이 셌다. 친구들은 배의 갑판에 남아 바다에 날리는 눈을 보고 나는 선실로 들어갔다. 15명분의 구명복

이 갖춰진 사방 열 자 크기의 선실 바닥에는 얇은 이불 세 장이 깔려있고 승객은 나를 포함 여섯 명이다. 모두 이불 속으로 발을 넣고 손바닥도 넣는다. 등을 지질 수 있을 것 같다. 둘은 이미 등을 눕혔다. 겨울 연안 여행의 로망은 따뜻한 이불 속에 잠시 눈 감고 누웠다가 목적지에 닿았다는 스피커 소리를 듣는 일이다. 삶 또한 그러할 수 있다면 좀 좋을까.

잠시 등을 눕힐까 생각하는데 한 승객이 바로 앞의 아주머니에게 묻는다. 장도에 식당이 있나요? 없어요. 가게는 있나요? 없어요. 곧장 아주머니의 말이 이어진다. 라면 끓여줄 테니 우리 집으로 오오. 라면 가진 게 없어요. 아주머니가 다시 얘기했다. 돌아다니다 점심때 우리 집으로 오오. 우리 먹는 밥 줄 터이니. 이야기의 질감이 좋았다. 처음 본 여행자에게 집밥을 대접하겠다는 생각은 요즘 세상에서 쉬운 일은 아니다. 곁에 있던 한 남자 주민이 거들었다. 대촌 2구 마을에 게스트하우스가 들어섰는데 곧 영업 시작한다는 얘길 들었소. 거길 가면 식사할 수 있을지 모르오. 그렇게 이승준 씨(48세)를 만났다. 그에게 물었다.

장도엔 왜 가나요?

섬 여행을 좋아해요. 15년 동안 주말이면 섬 트레킹을 했지요.

15년이면 어느 정도의 섬을 돌아다닐 수 있나요?

우리나라 섬 60~ 70퍼센트는 다녔지요.

혼자 다니나요?

처음엔 같이 다녔는데 동행이 있으면 여행이 자유롭지 못해요. 배려를 해야 하는데 그게 불편해졌지요. 나는 하루 15~20킬로미터쯤은 걷고 싶은데 그걸 좋아하는 사람은 없어요. 먹는 것도 그렇구요. 나는 선창이나 이런 데서 아무거나 잘 먹는데 그러지 못하는 사람도 많아요.

버스를 타고 걸어서 다니는 그의 여행이 보기 좋았다. 한때 나라 안의 국보를 다 순례하고 싶었던 그는 박물관의 수장고나 개인이 소장한 국보들도 많아 그걸 다 볼 수 없다고 깨달은 순간 섬 여행을 시작했다고 한다. 아침은 먹었느냐 물으니 벌교의 할매식당에서 먹었다 한다. 벌교역 앞 할매식당 명성은 근동 사람이면 다 안다. 얼마 전까지 백반 한 상이 2천 원이었다. 나는 그에게 고향을 물었는데 서울이라 했다. 내가 고향을 물은 것은 그의 말투에 전라도 억양이 들어있었기 때문이었는데 그는 대부분의 섬 여행이 전라도를 다니는 여행이고 그러다 보니 말투가 섞였다 한다. 직원 둘을 데리고 서울에서 자영업을 한다는 그는 싱글이었고 여자보다는 여행이 좋다고 말했다.

배가 장도에 닿았다.

면적 3제곱킬로미터, 노루 모양을 한 작은 섬에는 다섯 개의 마을이 있다. 대촌은 그중 가장 큰 마을이다. 마을 입구 언덕바지에 두 그루의 큰 팽나무가 서있다. 한 그루는 뿌리 부분에서 네 개의 가지가 번져 나왔는데 각각 수백 년 묵은 고목의 품격이 있었다.

나무가 참 좋았어. 가지가 언덕 아래까지 내려왔지. 그 가지들을 다 잘라냈어. 마을에 당산나무가 두 그루 있었는데 할머니 당산나무와 할아버지 당산나무야. 둘이 서로 마주 보고 좋았는데 할머니 당산나무는 죽어버렸어. 성한 나무가 왜 죽었는지 몰라. 저기 샘 보이지? 저 샘이 우리 마을 생명줄이었는데 주암호에서 물을 끌어온 뒤 명이 다했지. 바다 속으로 파이프를 묻어 물을 가져온 거야. 파이프가 두 줄인데 한 줄은 비상시에 쓰는 예비용이지.

마을 노인의 말에 할머니 당산나무에 대한 아쉬움이 짙게 배어있었다. 우리나라 참 좋아졌지? 뱃길로 25분 거리의 작은 섬까지 육지의 수돗물을 보내게 되었으니 말이지. 지진 및 해일 대피소라는 작은 안내 표시판이 보였다. 안내판을 따라 골목길을 오르는데 골목 끝에 산죽나무 숲이 있었다. 숲길을 오르니 시야가 트이고 산밭에서 일을 하는 한 할머니가 보인다. 할머니는 작두

로 들깨 줄기를 써는 중이었다. 중공군 모자를 쓴—그는 생업이 의사다—내 친구가 할머니에게 인사를 한다.

어머니 어디 불편한 데는 없으세요?

두 무릎에 철심을 박았어.

어떻게 이 언덕길을 오르셨어요?

노인정에서 노는 것보다 산밭에서 일하는 게 좋아. 바다도 보이고 속이 시원해.

친구와 할머니는 한 시간쯤 이야기를 나눴다. 남편이 젊은 나이에 토혈로 세상을 떴어. 아들 셋과 딸 하나를 남겼지. 아이들 키우며 원 없이 고생했지. 아이들도 고생 참 많이 했어. 어찌어찌 다들 서울로 대학 갔는데 촌에서 돈은 마련할 수 없고 서울로 올라가 식당일 했지. 촌것이라고 다들 얕보고 무시하더구먼. 반찬 솜씨가 있다고 해서 반찬을 만들었어. 첫 달 90만 원 주더니 다음 달부터 100만 원 착착 주데. 이십 년도 더 지난 일이야. 그 돈으로 등록금 댔지. 막내가 대학 들어가고 장도로 내려왔어. 형들이 도왔거든. 서울로 올라오라지만 난 이곳이 편해. 할머니의 무릎 상태를 확인한 친구가 말했다. 어머니 최고로 행복한 사람이에요. 아들딸 다 잘되었고, 스스로 밭에 나와 일할 수 있고,

마음에 그늘이 없으니 세상에 이런 사람 드물어요. 돈은 많지만 마음이 병든 사람 하나둘 아니에요. 할머니는 자신의 성이 차씨이고 여수 신풍에서 시집온 신풍댁이라 말했지만 이름과 나이는 부끄럽다며 말하지 않았다.

대촌 2구 마을은 부수마을로 불린다. 부용꽃이 물에 뜬 모습. 골목 안에 벽화들이 그려져 있고 새로 지은 게스트하우스 건물도 있다. 무더위 대피소라 적힌 마을 노인정 문에 안내문 하나가 붙어있다. 마을 어촌계 회의 결과가 적혀있다. 연중 180일 이상 마을에 체류하지 않으면 회원 자격을 상실한다는 것, 병원에 입원하거나 타지에 있는 이에게 공동작업의 분배를 하지 않는다는 것이 내용이었다. 병원에 있는 이에게는 공동작업의 분배를 하는 것이 더 좋지 않을까. 어차피 다른 누군가가 입원할 때도 같은 혜택이 돌아올 터이니. 그것이 부용—연꽃, 이라는 마을 이름에도 어울릴 것 같다. 좁은 해변 길을 따라 가다 굴을 까고 있는 한 아주머니를 만났다. 자연산이라 한다. 점심을 먹지 못한 우리는 그 자리에 앉아 아주머니로부터 구입한 생굴로 점심을 대신했다.

장도에는 지난해 13킬로미터의 산책로가 새로 생겼다. 우리는 그 길을 따라 걸었다. 노란빛의 마로 엮은 폭 1미터 정도의 긴 멍석 카펫이 바다를 따라 깔려있었는데 우리는 그 길을 옐로우 카펫이라 불렀다. 옐로우 카펫 끝에는 무엇이 있나? 중공군 모자는 지난해 아름답고 슬픈 시집 한 권을 냈다. 『영원한 죄 영원한 슬픔』. 세월호 희생자 304명을 위로한 시집. 304일의 깊은 밤 매일 한 편의 시를 한 사람의 영전에 바치며 많이 울었고 많이 아팠고 더 많이 그리웠다고 한다. 지난 한 해 시인으로서 나의 자랑은 내 친구가 낸 이 시집이다.

스무 해 전 그와 중앙아시아의 초원지대를 여행할 적 비슈케크의 한 점술가로부터 미래에 대한 예언을 들었다. 점술가의 첫 말이 우리를 놀라게 했다. 당신들은 종이로 탑을 쌓는 사람이다. 종이와 운명을 함께한다. 점술가는 우리가 지닌 이승의 업을 정확히 읽어냈고 우리가 꿈꾸는 아름다운 세상에 대해서도 충분히 인식하고 있었다. 그날 내 친구 중공군 모자는 점술가에게 한 아름다운 질문을 던졌다. 내가 언제 노벨문학상을 탈 것인가? 모든 것을 훤히 뚫고 있는 점술가의 예지에 대한 찬사이기도 한 이 질문을 들으며 나는 내 친구의 숨겨진 비밀 하나를 알았다. 친구여 꼭 뜻을 이루렴.

길은 고요했고 바다는 호수처럼 잔잔했다. 우리는 지난 시절 우리의 여행 이야기를 했고 써야 할 시들과 앞으로 함께할 인생 이야기를 했다. 먼 곳에서 친구가 오고 그동안 배우고 느낀 것을 이야기하니 행복하지 아니한가. 넷이 함께 걸으니 참 좋았다.

하얀 몽돌밭을 맨발로 천천히 걸으세요

송이도의 꿈

백수해안도로입니다.

예전엔 이 길을 걸어서 다녔지요. 내가 사는 도시에서 이 길까진 40킬로미터가 되지 않습니다. 군내버스를 타고 들어와 바닷가 마을에 이르면 터벅터벅 걷는 거지요. 그땐 백수해안도로라는 멋진 이름이 없었습니다. 그냥 바닷가의 황톳길이었지요. 벌

껑게 파인 황톳길 곁으로 개펄과 바다가 들어와있었지요. 들물 시간. 바닷물이 산자락 끝 황토 언덕까지 이르러 두 빛이 서로 만나는 순간이 좋았습니다. 붉은빛과 푸른빛이 만나 이루는 경계. 어울리지 않을 것 같은 두 빛이 따뜻이 만났습니다.

지금 그 황톳길은 사라지고 없습니다. 다들 자신의 승용차를 타고 이 길을 스쳐 지나가지요. 해 질 무렵 이 길의 전 구간은 낙조를 바라보는 명품 장소가 됩니다. 해가 바다에 닿는 순간 사람들은 조용히 아주 조용히 자신만의 시간 속으로 침잠하지요. 일출과 일몰. 이 두 시간보다 인간을 더 고요하게 만드는 시간은 없습니다. 인간의 삶에 영혼이 있다는 걸 믿는다면 태양에 관한 추억은 인류의 영혼에 관한 기억이 되겠지요. 자신의 영혼이 있기 전 태양의 영혼이 있는 셈이니 인간이 일출과 일몰에 골몰할 수밖에요.

아세요? 사철 중 이 길이 가장 아름다운 때가 언제인 줄. 늦봄에서 초여름이지요. 이 길의 거의 전 구간에 해당화꽃이 피어요. 해당화꽃은 바다가 보이는 산언덕에 피어야 제격이지요. 찔레꽃이 강물 흐르는 강 언덕길에 피어야 제격이듯 말이지요. 찔레꽃이 피는 철의 이른 아침, 노랗고 따스한 햇살 속으로 꽃향기가 번

져나가고 그때 문득 물새소리가 들리면 무릉도원이 따로 없지요. 이 길을 걸으며 백수의 시절을 견뎠습니다. 『아기참새 찌꾸』와 『내가 사랑한 사람 내가 사랑한 세상』 두 권의 책은 이 길 위에서 위로와 영감을 받은 시절의 이야기지요.

지난가을 두 에디터가 찾아왔습니다.

찾아온 이유는 간결합니다. 책을 낼 터이니 원고를 다오. 이 단순한 요구 앞에서 나는 늘 불안하고 행복하고 부끄러워집니다. 불안과 부끄러움은 동일한 출발점에서 비롯됩니다. 내가 쓴 글이 다른 이가 읽을 만한 가치가 있는가. 혼을 다해 썼는가. 해의 뜸과 짐의 징표에 관한 단 1퍼센트의 상징이라도 담았는가. 종이가 된 나무들의 혼을 혼미하게 하지는 않았는가. 이 생각들을 하노라면 등에 물이 흐르지요. 한 에디터가 말하는군요. 당신의 부끄러움을 충분히 이해합니다. 부끄러움은 우리 출판사가 사랑하고 아끼는 것이에요. 우리는 먼 곳에서 왔지요. 당신의 책을 만들고 싶어요. 이럴 때 당신은 뭐라 말하나요.

두 에디터와 짧은 여행을 했습니다.

어디로 가지? 두 곳 생각이 나는군요. 연홍도와 백수해안도로. 연홍도로 장소를 정했습니다. 찔레꽃이 피지 않은 백수해안도로는 완성품이 아니에요. 연홍도 선창 반대편의 작은 마을에서 한 에디터가 말하는군요. 이곳에서 살고 싶어요. 좋은 생각이에요. 서점을 차리면 어떨까요. 손님이 올까요? 물새들이 오겠지요. 손님이 안 오면 어때요? 서점을 차렸다는 게 중요하지요. 우린 이런 대화를 나눴습니다. 그에게 물었지요. 아주 마음에 드는 남자가 있어요. 이 친구가 귀어해서 낮에는 물고기 잡고 미역양식도 하며 밤에는 책 읽고 음악 듣고 영화 보며 살자고 하면 따라갈 수 있나요? 1초도 머뭇거림 없이 "그럼요!"라는 답이 나오는군요. 참 따뜻했습니다. 이어지는 뒷말이 없었다면 말이지요. "그런데 그런 남자가 세상에 있나요?"

계마항에서 도선을 탑니다.

백수해안도로 끝의 작은 포구. 송이도를 거쳐 안마도로 가는 섬사랑 16호가 하루 한 차례 이 포구를 출발합니다. 차량 탑재를 하는데 도서주민 우대 정책이 있군요. 다행히 여유가 있어 차를 실을 수 있었습니다. 1시간 30분의 항해. 뜨뜻한 선실 바닥에 등을 대고 누워 『2018 신춘문예 당선 시집』을 읽습니다. 한 당선작이 눈에 띄는군요.

저에게 바짝 다가오세요

혼자 살면서 저를 빼곡히 알게 되었어요
화가의 기질을 가지고 있더라고요
매일 큰 그림을 그리거든요
그래서 애인이 없나 봐요

나의 정체는 끝이 없어요

제주에 온 많은 여행자들을 볼 때면
제 뒤에 놓인 물그릇이 자꾸 쏟아져요
이게 다 등껍질이 얇고 연약해서 그래요
그들이 상처받지 않았으면 좋겠어요
앞으로 사랑 같은 거 하지 말라고
말해 주고 싶어요

—이원하, 「제주에서 혼자 살고 술은 약해요」 부분

시가 따뜻이 마음 안으로 걸어 들어오는군요. 누군가의 영혼에게 내 영혼이 가벼운 휘파람을 건네는 거예요. 해 질 무렵 마을에 등불들이 하나둘 켜지기 시작할 때 돌담 모퉁이에서 휘파람 소리가 들리면 누군들 고개를 빠끔 내밀지 않겠는지요. 술은 약하다 했는데 내 생각에 이 친구 술이 쎄요. 어쩌면 고래인지도 몰라요. 독한 커피와 독한 담배 독한 술. 자신의 삶이 스스로의 마음에 들지 못해 아파하는 이들이 세상에는 참 많아요.

송이도에 닿았어요.

사실 송이도에 온 게 아니에요. 송이도가 아닌 이 섬의 다른 무엇이 나를 불렀지요. 무엇인 줄 아세요? 이곳 해변에 나라 안 하나밖에 없는 하얀 몽돌밭이 있지요. 손에 쥘 만큼 작은 조약돌들이 선창에서 송이리 마을 앞까지 하얀빛으로 펼쳐져있지요. 30년 전 목포에서 배를 타고 처음 이곳에 이르렀을 때 어쩌면 이렇게 둥글고 예쁘고 따뜻한 돌들이 있을까 놀랐지요. 천천히 몽돌밭을 걸었습니다. 저절로 신발을 벗게 되더군요. 바닷물에 잠긴 몽돌들의 모습이 그 어떤 회화 속 풍경보다도 그 어떤 음악 속의 정경보다 따뜻하고 아름다웠지요. 내가 사는 현실의 나라가 이 몽돌밭만큼 모나지 않고 예쁘고 사랑스러울 수 있다면. 생각을 하는 동안 눈물이 주르륵 흘러내렸지요.

천천히 몽돌밭을 따라 걷습니다.

물과 돌의 감촉이 함께 느껴지는군요. 사랑스러운 감정이란 이런 경우를 두고 하는 말인지 모릅니다. 당신 너무 슬프거나 아프거나 감정이 메말라서 사랑이라는 단어의 촉감을 잃어버렸을 때 문득 송이도에 들르세요. 송이도의 하얀 몽돌밭을 맨발로 천천히 걸으세요. 둥글고 부드러운 돌들이 세상사를 겪느라 힘들 대로 힘들어진 당신의 발바닥을 따뜻이 위로하는 소리를 들을 수 있지요. 돌들이 뭐라 말하는지 잘 들어보세요. 고생했어요. 곧 좋은 시절이 올 거예요. 돌들의 목소리가 들리나요? 그러면 당신도 돌들에게 가만히 얘기해봐요. 힘들지만 지금의 내가 좋아. 꿈꾸는 것 같아. 스무 살 적엔 늘 이랬지. 너흰 어땠어? 시가 별것인가요. 입이 없고 손이 없고 발이 없는 것들과 함께 걷고 이야기하고 노래하는 거예요. 그러다 해가 지면 함께 잠들고 해가 뜨면 함께 새날의 노래를 부르는 거예요.

해가 지는군요.

바다 건너 낙월도의 불빛들이 반짝거리기 시작합니다. 민박집에서 주인 아낙과 할머니들과 함께 저녁을 먹었습니다. 섬마을 할머니들의 이야기보따리라는 것 아세요? 할머니들의 이야기를 듣고 있으면 풍선장수가 바람을 넣어주는 풍선처럼 섬마을이 부풀어 오르는 것을 느낍니다. 색색의 풍선들이 바다 위로 반짝반짝 날아오르는 것이지요.

예전엔 육지가 천국인 줄 알았지. 풍선(돛배)을 타고 영광으로 나가야 했으니 바람 잘못 만나면 배 뒤집어졌지. 아이 아홉을 키웠는데 내 아이가 다섯이고 시숙 아이가 셋이었지. 시숙 내외가 배 타고 나가다 사고당했지. 어떡해? 우리가 키워야지. 먼 친척 아이도 그렇게 하나 더 키웠어. 그래도 아이들이 다 잘 컸으니 그것으로 됐어.

예전에 마을 뒤 모래 풀등에서 갯것을 캤지. 맛조개가 얼마나 많았는지 몰라. 지천으로 깔려 옆을 볼 틈이 없었어. 정말 정신 없었지—할머니가 일어나 맛조개 캐는 시연을 보였는데 손의 움직임이 세상에서 제일 정신없는 춤사위 같았다—그 많던 맛이 지금 어디로 다 가버렸는지 몰라. 모래 풀등에는 이제 맛이 하나도 없어. 지금은 맛조개 캐려면 낙월도 쪽 바다로 나아가야 해. 사오 년 전만 해도 한 물때에 다섯 접(한 접 100개)씩 캤지. 어젠 두 접밖에 못 캤어. 다섯 접을 캐면 25만 원쯤 받았지. 지금도 시세는 같아.

처녀 적에 섬이 싫어 무조건 육지로 나갔지요. 고생 많이 했어요. 백만 원만 있으면 얼마나 좋을까 생각했지요. 고생고생 백만 원을 모아놓고 천만 원만 있으면 정말 좋겠다 생각하다 섬으로 돌아왔지요. 민박집 아낙의 이야기다. 6학년에서 한 살이 부족한 그는 동네에서 제일 젊은 아낙이다. 맛조개나 대합 캐는 손이 빨라 수입도 많다고 할머니들이 말한다. 섬으로 돌아온 뒤 모은 수입으로 그는 대처에 결혼해 사는 아들에게 아파트를 사주었다고 한다.

동일한 방향성을 지닌 이야기의 내력에 싫증을 낼 수는 없습니다. 논 한 마지기 제대로 지니지 못한 섬마을 사람들이 가난을 이겨내기 위한 과정 자체가 삶의 진정성이니 말이지요. 지금은 자식들에게 손 벌리지 않고 육지 사람들에게 궁티 내지 않고 살아가니 이 또한 아름다운 일 아니겠는지요.

아침 햇살이 환합니다.

민박집 앞의 개펄이 훤히 드러나있군요. 섬 뒤편 모래 풀등을 찾았습니다. 강화도에서 본 개펄보다 더 넓은 개펄이 펼쳐져있군요. 사람은 하나도 없습니다. 모래 풀등에 전성기일 적 주민들이 사용했을 폐차된 경운기들이 열 대쯤 한데 모여있군요. 사람들이 보이지 않는 개펄에는 갈매기 한 마리 날지 않습니다. 마을 앞 개펄에서 바지락 캐는 하이순 어머님(66세)을 만나 세 딸 이야기를 들었습니다. 큰 딸은 물리치료사, 둘째는 간호사, 셋째는 헤어디자이너라는군요. 셋째가 동경 유학을 마치고 캐나다에서

개업을 하고 있다고, 사위가 직장을 버리고 딸을 따라 들어갔다고 자랑하는데 듣기 좋았지요.

몽돌밭을 걷다가 가만히 누웠습니다.

자그락. 자그락. 몽돌들의 인사 소리가 들리는군요.

눈앞의 괭이갈매기들. 친해지고 싶었지요.

민박집에 딸린 슈퍼에서 새우깡 몇 봉지를 들고 왔습니다. 봉지를 푸니 정말로 많은 친구들이 날아오는군요. 야생동물에게 먹이 주는 것이 바람직한 일은 아니라는 것 알고 있지만 어쩔 수 없었습니다. 이후로도 슈퍼에 몇 번 더 다녀왔지요. 괭이갈매기들이 내 주위를 떠나지 않고 더 주세요 하는데 거부할 수 없었습니다.

아기 고양이의 소리,

장도 열차의 기적 소리,

뱃고동 소리.

소라고둥 소리,

보리피리 소리,

가을바람 소리.

이들 중 아무도 부리를 열고 소리를 내는 친구가 없었습니다. 배 속에서 나오는 중저음의 신비한 소리였지요. 1999년 환경부는 괭이갈매기의 소리를 생물체 중 가장 아름다운 소리로 지정한 적 있습니다.

내가 슈퍼에 더 이상 가지 않는다는 것을 안 뒤에도 괭이갈매기들은 내 곁을 떠나지 않고 그들의 노래를 들려주었지요. 행복했고 감사했습니다. 참 괭이갈매기가 몸에 다섯 가지의 색을 지녔다는 것 아세요? 부리 맨 끝은 붉은색입니다. 붉은색 다음 검은색으로 이어지고 다시 잠깐 붉은색으로 이어졌다 노란빛으로 바뀝니다. 부리의 색이 빨강 검정 빨강 노랑이 되는 것이지요. 머리와 목이 흰빛. 펼친 날개는 회색, 손부채처럼 펼친 꼬리 끝은 검정. 다리와 물갈퀴는 노랑입니다. 부리 맨 끝의 붉은색이 내게 술꾼들의 딸기코처럼 보였지요. 부드럽고 포근한 물속의 몽돌들과 세상에서 제일 신비한 생명체의 노랫소리를 듣는 동안 내 마음은 한없이 평화로워졌습니다.

당신을 사랑할 수 있어 참 좋았다

욕지도 자부포에서

통영 여객선 터미널에서 욕지도행 아침 배를 탄다.

무싯날. 선실 안은 비어있다. 내륙의 대설주의보와 한파 탓이다. 선실을 나와 차량을 싣는 뱃머리 쪽의 데크에 선다. 해풍에 몸을 가누기 힘들었다. 가드레일을 붙들고 있는데 날개가 하얀 새 두 마리가 날아온다. 새들을 향해 손을 흔들었다.

내 나이 스무 살. 그 나이의 청춘들이 시인과 사회주의자를 꿈꿀 때 내겐 하나의 꿈이 더 있었다. 승려가 되고 싶었다. 삶이 핍진했고 미래에 대한 희망이 보이지 않았다. 그 무렵 한 사찰을 사랑했다. 선운사. 이름에서 푸른 하늘을 흘러가는 구름 냄새가 났다. 그곳의 빈 암자에서 구름 냄새를 맡으며 시를 썼다.

선운사 대웅전 앞에는 두 그루의 잘생긴 백일홍 나무가 있다. 그 나무의 우산 아래 들어가 발을 뻗고 앉아있을 적, 한 젊은 승려가 나를 보고 꽃나무 우산 안으로 들어왔다. 그가 내 곁에 발을 뻗고 앉았다. 순간 우리는 같은 꽃냄새를 맡는 도반이 되었다. 나는 그에게 승려가 되고 싶다고 말했는데 그는 아무 말도 하지 않았다. 며칠 뒤 그는 내게 선운사의 큰스님을 만나게 해주었는데 귀가 손바닥처럼 생긴 노스님이었다. 요사채 앞 텃밭에 감자꽃이 피어있었다. 이른 아침 잡초가 우거진 땅 밑을 뒤져 감자를 캐는 공양간 승려를 보았다. 나는 큰스님에게 '그가 감자를 훔친 것은 아닌가?'라고 물었고 '캔 감자는 누가 먹는가?'라고도 물었다. 스무 살의 무례와 황당함이여. 지금도 그 순간을 생각하면 등에 땀이 흐른다.

1시간 15분의 항해 끝에 욕지도에 이른다.

섬의 이름은 난해하고 철학적이다. 욕지(欲知), '알기를 원한다면'의 의미를 지니고 있다. 사는 동안 곤궁한 생의 화두에 시달리지 않는 이가 있을 것인가. 왜 사는가. 왜 먹는가. 왜 걷는가. 그 이유를 알려줄 테니 어서 오라 손짓하는 것만 같은 이름. 사실이 섬의 이름을 정확히 인식하기 위해선 "욕지 연화장 두미 문어 세존(欲知蓮華藏頭尾問於世尊)"이라는 불가의 전언을 이해할 필요가 있다. 연화장은 부처의 세계, 극락의 세계를 뜻함이니 이는 '극락의 세계를 알고자 원하거든 그 시작과 끝을 세존에게 물어야 한다'는 뜻이다. 통영 앞바다에 뜬 섬들, 욕지도 연화도 두미도 세존도의 이름은 한 줄로 꿰어진 구슬 속의 이름이라 할 것이다.

관광 안내소에서 욕지 일주로 관광지도 한 장을 얻는다.

원량초등학교와 시립 욕지도서관. 두 이름이 눈에 들어온다. 원량초등학교. 몇 년 뒤면 개교 1백 주년이 되는 학교의 이름이 따스했다. 내게 이 이름은 원량(元良, 좋은 세상의 바탕) 혹은 원량(願良, 좋은 세상을 원하고 기원함)의 이미지로 다가왔다. 좋은 세상에 대한 꿈. 인간이 지닌 지고의 이데올로기. 교무실을 찾아 염치를 무릅쓰고 내가 예전에 동화를 쓴 적 있다는 얘길 했다. 1학년 교실을 보고 싶다 했더니 OK! 1학년은 모두 다섯 명. 교실 뒤

게시판에서 아이들 사진을 본다. 장래 희망이 그림과 함께 나타나있다.

수빈의 꿈은 사육사다. 자신의 장점을 강아지를 잘 보살펴요, 라고 적어놓았다. 강아지뿐 아니라 망나니인 인간의 강아지들을 잘 보살핀다면 수빈은 성자가 될 것이다. 지우의 꿈은 화가다. 장점을 '스스로 잘해요'라고 적었다. 좋은 예술가에게 필요한 첫 번째 덕목은 자유의 주인이 되는 것이다. 자신이 좋아하는 것을 삶 내내 스스로 해내는 것. 민성이의 꿈은 의사다. 취미를 컴퓨터로 유튜브 보기라고 적었다. 초등학교 1학년과 유튜브가 어울리지 않지만 첨단 의술과 컴퓨터의 만남은 어차피 필요할 것이다. 지민의 꿈은 영어선생님이다. 취미를 공부하기라고 적었다. 책을 많이 읽고 세상을 많이 공부한 뒤에 선생님이 된다면 다들 좋아하고 존경하지 않겠는가. 태영은 수의사가 되고 싶은데 그림에는 경찰관을 그려놓았다. 갈등이 있는 것이다. 누군들 이 시기에 생의 길이 정해지겠는가? 모두들 부디 이 아름다운 꿈을 이루기를! 이 세상이 살 만한 곳이라고 스스로 말할 수 있는 시간을 꼭 찾기를. 교실 유리창 앞에 피노키오의 코가 달린 색색의 고깔모자가 다섯 개 나란히 놓여있다. 생일이나 크리스마스에 쓰는 모자 같았다. 이 모자의 코가 길어지지 않기를. 혹 길어진다 하더라도 함께 자란 동무들이 네 코가 한 뼘이나 길어졌어. 나쁜 생각을 버리고 좋은 생각을 해봐, 라고 말할 수 있기를.

시립 욕지도서관. 섬마을에 시립 도서관이 자리하고 있다니! 근사하기 이를 데 없는 일이다. 입구의 사서 선생님에게 나는 또 염치없는 말을 하고 말았다. 글을 쓰는 사람인데요, 도서관 구경을 할 수 있을까요? 책을 썼나요? 머뭇머뭇 몇 권의 책 이름을 댔다. 내 입으로 내가 쓴 책을 말하기가 수월치 않아 얼굴이 붉어졌는데 다행히 그 책들은 도서관 수장고에 없었다. 한 권 정도 있었다면 사서 선생님 보기가 좀 편했을지도 모르겠다. 착하고 고우신 사서 선생님 도움으로 도서관 내부를 구경할 수 있었다. 창을 열면 곧장 파도소리와 갈매기 울음소리가 들릴 것 같았다.

도서관 벽의 흑백사진들. 지난 시절 욕지도의 풍경들을 보여준다. 두 척의 배 사진을 보다 앗! 소리를 질렀다. 두둥실호와 두리둥실호. 나는 이 배들의 이름을 안다. 두둥실호는 1990년대 초 욕지—연화—통영을 1일 3회 운항했고 두리둥실호는 1990년대 후반 두둥실호의 대체 선박으로 같은 항로를 운행했다고 사진 아래 적혀있다.

1990년대 중반 여수에서 쾌속선을 타고 통영을 간 적이 있다. 거제로 가기 위해 배 시간을 알아보는 중에 행선지 표에서 두둥실호와 두리둥실호라는 이름을 지닌 쌍둥이 배가 있다는 것을 알았다. 파라다이스니 샹그릴라니 하는 세련된 이름보다 두 배의 이름이 착하고 사랑스러웠다. 거제로 가는 것을 포기하고 두 배 중 한 배를 탈까 망설였으나 타지 못했다. 삶이 두둥실 두리둥실 맑고 평화롭게 흘러갈 수 있다면 이 지상이 곧 낙원이 아닐 것인가. 언젠가 꼭 이 배를 타보리라.

몇 년 뒤 통영에 들렀을 때 두리둥실호의 이름을 운항 스케줄 표에서 보았다. 문득 두둥실호가 궁금해졌다. 선사의 매표원에게 두둥실호는 어디를 다니는가 물었는데 그이는 잘 모르겠다며 고개를 흔들었다. 이것이 두 배와 나의 작은 인연이다. 이곳저곳 떠다니며 여행기와 잡문을 써서 먹고살던 시절 삶이 무엇인지 왜 사는지 알 수 없었지만 한 번도 승선한 적이 없는 두 배의 이름은 오래 기억에 남았다.

자부포의 옛 이름은 자부랑개이다.

더러 좌부랑개라고 부르는 이도 있다. 자부포(自富浦) 혹은 좌부랑포(座富浪浦)라고 한자로 쓰나 그 의미는 같다. 스스로 부유함을 일군 포구. 1888년 입도금지가 해제되며 욕지도에 사람이 들어와 살기 시작했다. 일대의 바다는 하루 물때가 셋이라 불릴 만큼 천혜의 어장이었다. 1895년에는 도미우리라는 이름을 지닌 한 일본인이 들어와 살았던 모양이다. 조업활동을 하던 그는 주민들에게 배와 어구를 구입할 자금을 빌려주었으니 이때부터 어민 수탈의 역사가 시작되었다고 섬의 역사는 적고 있다.

자부랑개에는 1년 내내 파시가 섰다. 겨울에서 봄 동안 도다리 감성돔 참돔 가오리 들이 끊임없이 나왔고 여름에서 가을로 이어지는 계절에는 고등어 전갱이 갈치 삼치 들이 잡혔다고 한다. 연중 전국의 고깃배들이 몰려왔는데 잡은 물고기가 너무 많아 운반선에 옮기지 못하고 바다에 버릴 정도였다고 한다. 배에서 버린 물고기들과 오물로 포구 앞 바닷물이 먹물빛이었고 마을의 샘물 또한 오물 범벅이어서 물을 잘 휘저은 뒤에야 밥을 지을 수 있었다고 마을 안내기에 적혀있다. 일제강점기 이곳에서 잡은 생선들은 경성과 일본, 만주 북경과 대련 등으로 실려 갔는데 고등어 간독은 그 시절의 흔적이다. 고등어 내장을 제거하고 소금을 뿌려 지하실처럼 생긴 독 안에 차곡차곡 저장하는 것인데 집집마다 이 간독이 있었다 한다.

밤이면 포구 길은 횃불로 훤히 밝혀지고 몰려드는 뱃사람들을 상대로 한 목욕탕 술집 여관 당구장 이발소 등이 성업하였다. 근대 어촌 1호라는 명칭이 파시와 함께 들어선 것이다. 자부랑개에서 술을 먹기 위해 뭍에서 원정을 오는 경우도 있었으며 일본인 게이샤를 둔 유곽도 성업하였다 한다. 해방이 되고 어족자원의 고갈과 함께 자부랑개는 내리막길을 걷는다. 1970년대 삼치 파시를 끝으로 자부랑개의 번영은 막을 내렸다.

무릇 부유함이란 무엇인가? 지금부터 60년 전까지 자신들이 사는 마을 이름을 자부(自富)라 불렀던 사람들. 부드럽고 촉촉하고 따스한 삶. 그 꿈의 근원은 어디일 것인가. 섬의 이름 욕지(欲知)는 상징이다. 세상을 떠도는 당신, 부유함이 무엇인지 알고 싶은가? 욕지도 자부포에 오라. 1915년 이곳엔 조선인 20,864명, 일본인 2,127명이 와글대고 북적이는 파시거리가 있었다. 2만 3천 명의 사람이 무슨 생각을 하고 무슨 꿈을 꾸며 모여들었을까. 그 시절 살았던 사람이 단 한 명 없으니 붙들고 물어볼 수 없다. 낡은 골목들, 추녀가 낮은 집들, 목욕탕과 당구장과 술집과 요정이 자리했다는 건물의 흔적은 남아있다. 그들 어디에서도 부유함이라 부를 작은 문신 하나도 찾을 수 없다.

스무 살 무렵 자부포에 들러야 했다. 마음이 아닌, 지혜가 아닌, 물질로 급조한, 돈다발을 세며 걸어가는 인간들이 웃으며 만든 마을의 모습이 진짜 인간의 마을이 아님을 그때 알 수 있었다면 삶이 좀 편해질 수 있었을까? 면소가 자리한 이 섬마을에는 지금 2천 명이 조금 넘는 사람들이 고구마를 키우며 고등어 양식을 하며 갯것을 채취하며 조용히 살아간다.

욕지도 일주도로. 전장 21킬로미터. 바다를 따라가는 도로에 들어서기 전 이 길의 아름다움을 알지 못했다. 푸른 하늘과 바다, 수석 전시장을 방불한 섬들의 모습이 꿈결 같았다. 목과마을에서 차를 세웠다. 마을의 이름이 좋았다. 목과(木瓜)는 모과나무를 가리킴이니 어쩌면 이 마을에 묵은 모과나무가 몇 그루 있었는지 모른다.

이중섭(1916~1956년)은 〈욕지도 풍경〉이라는 풍경화 한 점을 남겼다. 1953년에 그린 그림이다. 그림에 새도 사슴도 게도 아이들도 소도 보이지 않는 진짜 풍경화다. 그림을 처음 보았을 때 푸른 바다 중앙으로 뻗어나간 나무의 모습이 보기 좋았다. 잎이 하나도 달리지 않았지만 존재 자체의 싱싱한 떨림이 느껴졌다. 그림의 좌측 하단에 기와집이 있고 기와집 곁에 노란색의 초가집이 있다. 초가집 지붕에서 하얀 연기가 피어오른다. 유심히 보지 않은 사람은 기와집의 존재도, 초가집도, 굴뚝의 연기도 알지 못한다. 곁의 몇몇 사람에게 그림 중앙의 나무 기둥을 십자 모양으로 가르는 이 하얀 부분이 무엇인지 물어본 적이 있는데 그것이 연기임을 아는 이가 없었다. 굴뚝의 연기는 이 집에서 지금 밥을 짓고 있다는 상징이다. 밥은 한 가족의 삶의 부드러움이며 평화를 드러낸다. 기와집이 아닌 초가집 굴뚝에 솟아오르는 밥 짓는 연기. 나는 그것을 이중섭 내면의 이상향이라 보았다. 한 가지 의문이 있었다. 초가집의 몸체에 나무 기둥이 들어있는 것이다. 노란색 초가집과 한 그루 나무. 문득 이 나무가 노란색 모과나무가 아닐까 하는 생각이 든다. 바다를 바라보는 마을 비탈길에 둥치가 큰 소나무가 그림 속에서처럼 서있다.

이중섭은 1951년 제주 서귀포에서 가장 행복한 생활을 했다. 편지에서 발가락 군이라고 부르기 좋아했던 부인 남덕(南德)과 두 아이와 함께 궁핍했지만 더없이 평화로운 삶을 살았다. 물고기와 새, 게 들과 함께 가족이 어울려 사는 그림들은 가난한 예술가가 꿈꾸는 유토피아를 들여다보는 설렘을 준다. 1953년은 그가 세상을 떠나기 3년 전이다. 그가 언제 욕지도에 들어왔는지, 왜 욕지도를 그렸는지 알 수 없다. 분명한 것은 그가 더 좋은 세상 더 따스한 인간의 삶을 살고 싶어 했다는 것이다. 좋은 그림은 다음의 이야기다.

유동마을에서 지는 해를 보았다.

선운사에서 만난 젊은 승려 선원(禪源)은 스무 살의 내게 말했다. 절집은 도피처가 아니다. 당신에겐 당신의 길이 있다. 그 말이 그 무렵의 내게 원량(元良)으로 다가왔다. 삶을 오래오래 사랑하고, 그보다 더 오래오래 삶의 신으로부터 사랑받고 싶은 인간의 열망이 욕지도 앞바다를 순금빛으로 물들인다. 당신을 사랑할 수 있어 참 좋았다.

곽재구의 신新 포구기행
당신을 사랑할 수 있어 참 좋았다

초판 1쇄 2018년 7월 29일
초판 4쇄 2022년 5월 30일

지은이 | 곽재구
펴낸이 | 송영석

주간 | 이혜진
기획편집 | 박신애 · 최미혜 · 최예은 · 조아혜
외서기획편집 | 정혜경 · 송하린 · 양한나
디자인 | 박윤정 · 유보람
마케팅 | 이종우 · 김유종 · 한승민
관리 | 송우석 · 황규성 · 전지연 · 채경민

펴낸곳 | (株)해냄출판사
등록번호 | 제10-229호
등록일자 | 1988년 5월 11일(설립일자 | 1983년 6월 24일)

04042 서울시 마포구 잔다리로 30 해냄빌딩 5 · 6층
대표전화 | 326-1600 **팩스** | 326-1624
홈페이지 | www.hainaim.com

ISBN 978-89-6574-659-1